新潮文庫

りかさん

梨木香歩著

目次

りかさん

りかさん

背《せ》守《もり》……幼児の一つ身の着物の背の中央にお守りとして縫いつけた紋。襟肩下に色糸で飾り縫いをする。背まもり。背だて。せまぶり。

（『広辞苑』より）

養子冠《ようしのかんむり》の巻

「ああ」

ようこは一人になってしみじみ箱を覗《のぞ》くと、悲しくてため息が出た。

母さんの前では、いっしょうけんめいがまんしていたけれど（不満そうな顔をしたら、せっかくのおばあちゃんからのプレゼントなのに何ですか、って言われるに決まってるから）、がっかりのあまり、涙が出そうだ。

ようこは、リカちゃん人形が欲しかったのだ。

でも、送られて来たのは真っ黒の髪の市松《いちまつ》人形だった。ほっそりした「リカちゃん」の倍近くある。

なんでこんなことになったんだろう。

ええと、この間のおばあちゃんとの電話のやりとりはこんなふう。

「今度のお雛祭《ひなまつ》りに、ようこは欲《ほ》しいものはあるかい」

「ようこはねえ、おばあちゃん、『リカちゃん』が欲しいの」

「なんだえ、それは」

「お人形よ、おばあちゃん、知らないの」

「人形なら、ようく、知ってる。お人形のりかちゃんなら気だてのいい子だ。雛祭りにはぴったりだ……よし」

おばあちゃんの、妙に力強い言い方を、少し変には思った。けれど、まさか半紙に「りかちゃん」と筆で書いて、古い抱き人形の箱に入れて来るとは想像だにしなかった。

……こんなの、リカちゃんじゃない。

ようこはみじめな気持ちで体を引きずるようにしてベッドに入った。

母さんは小包が来たときから、いやな予感がしていた。もしもようこが楽しみにしているとおりのリカちゃん人形だったら、デパートの包装紙できっちりとした小包のはず。けれど配達のお兄さんが持って来たそれは、使い古しの油紙に包まれていた。

あんなに待っていたのだもの。母さんはようこのがっかりが痛いほど分かった。ようこがお人形に興味を示すなんて、今までそんなになかったことだ。二週間ほど前、遊びに行った友達の家で、偶然そのとき来た(ようこをのぞいた)みんなが、リカちゃん人形を持って来ていた。

そのときからようこはずっと、リカちゃん人形が欲しかった。けれど両親には言い出せないでいた。父さんも母さんも、みんなが持っているから、という理由では動かない人たちだった。でもそのリカちゃん人形の一件は、母さんはようこの友達のお母さんから知らされていた。母さんも思いあぐねていた。

おばあちゃんから、プレゼント何がいいって電話があったのはそんなときだったのだ。けれどおばあちゃんを悪く言うことはできない。優しい気持ちで送ってくれたのだから。

だから、母さんはことさらに、「まあ、なんてかわいいお人形」と声を張り上げたのだが、そのつくりものめいた明るさは、ようこの気持ちをますます沈ませるだけだった。

夜、ようこがベッドに入った後、母さんはおばあちゃんに電話をかけた。おばあちゃんの家はようこの家から歩いたら一時間ほど、車だったら十分もあれば着く距離なのだけれど、おばあちゃんはときどきこうやっていろんなものを小包にして送って来る。いつもなら、ようこも電話口に出てありがとうを言うのだけれど、今日のようこはそんな気分になれない。母さんも無理強《むりじ》いはしない。

「もしもし、あ、おばあちゃんですか。今日、お人形届きました。ありがとうございました」

「おや、もう着いたのかい」

「ええ。おばあちゃんのコレクションのものでしょう。大事にされていたのではなかったんですか」

おばあちゃんの所にはいろんな人形がある。集めているうちに、古道具や骨董《こっとう》を商う人たちともなじみになって、人形の様式や調度などに詳しいことを見込まれ、その修復を頼まれたりしていた。

「いいんだよ、ようこの所へ行くんだったら。ところで、説明書はちゃんと読んでいるようだったかい」

「説明書？　あ、いえ、お人形ごと、自分の部屋に行ってしまったものですから」

「そうかい。そうしたら、分からないことがあったら、いつでもおばあちゃんに電話するように言っておくれ」

「分かりました。伝えます」

……お人形の説明書って何だろう。あれ、からくりでもあるのかしら。

母さんは首をかしげた。

さて、肝心《かんじん》のお人形だが、名前は確かにりかちゃんと言う。

おばあちゃんの言うとおり、気だてのいい人形だ。だから、ようこがこんなにがっかりして、抱いてもやらず放っておいても、それは少しは悲しかったけれど、恨んでなんかいなかった。

恨まない、っていうのは、人形にはとてもめずらしい資質だ。美徳と言っていい。

—今日からここが私のお部屋ね。

りかちゃんはあたりをぐるりと見回した。六畳の部屋にベッドと机と本棚がある。ベッドにはようこが、こちらに背を向けて眠っている。がっかりした、悲しい情けない気持ちが、無数の小さな粒子になって波のようにりかちゃんに伝わって来る。

—ようこちゃん、つらいね。

りかちゃんは同情する。そして祈る。

すると目には見えないけれど、部屋に漂っていた「悲しい切ない」粒つぶが、急に小さくなった。「ちょっとメランコリック」ぐらいになった。

それは劇的な変化だった。人間の実際的な働きかけもなく、ふつう、自然界にこんな急激な変化は起こらない。りかちゃんは祈る力のある人形なのだ。

—おなかがすいた。麻子《あさこ》さんは今夜はなにを食べたのかしら。

りかちゃんは、ずっといっしょだった麻子さんに思いを馳《は》せた。麻子さんというのは、ようこのおばあちゃんの名前だ。

——だいじょうぶよ、麻子さん。私、きっとようこちゃんとうまく行く。

りかちゃんは遠くの麻子さんに声をかけた。

「ちょっとメランコリック」な粒は、そのときはもう小さいさわやかな霧のようになっていた。


朝、目覚めたとき、ようこは自分が一瞬、どこにいるのか分からなかった。部屋の感じが普段と違ったのだ。いつもの閉めきった六畳なんかじゃなく、風の吹き抜ける草原の朝の気持ち良さ。

……キャンプに来てたんだったっけ。

と、ようこは寝ぼけ眼《まなこ》で辺りを見回し、いつもと同じな(ように見えた)ので戸惑った。

……おかしいなあ。

ベッドから起き上がろうとしたとき、昨日《きのう》届いた人形が目に入った。箱から出してもみなかった。一瞬、昨日の落胆が甦《よみがえ》ったけれど、それはすぐに消えて、なんで抱いてもみなかったんだろうという後悔が、ようこの胸に拡《ひろ》がった。

ゆっくりと、両手で抱き上げて、頬《ほお》ずりしてみる。

おかっぱの、市松人形。褄《つま》に薄く綿の入った総縮緬《ちりめん》の振袖《ふりそで》。こんなにおしゃれしてたのに。

「……りかちゃん」

声に出して呼びかける。腕にりかちゃんのずっしりした重みを感じた瞬間、思わず、

「りかちゃん」

と、もう一度呼んで、ぎゅっと抱きしめた。

名前を正しく呼びかけるって、魔法のようだ。ようこはりかちゃんを抱いたまま、キッチンに行った。

「おはよう、母さん」

「おはよう、ようこちゃん。あらあらあら」

母さんの喜びは想像するに難くない。そうそう、このチャンスに、

「箱の中に説明書、入ってた？」

「説明書？」

「ええ、夕べ、おばあちゃんに電話したらそう言ってらしたわよ」

ようこは自分の部屋に戻り、箱を見た。お人形の置いてあった下には、着替えが幾組《いくくみ》かたたんであり、更にその下の方にもう一つ、箱のようなものが入っている。開けると、和紙にくるまれた、小さな食器が幾つか出て来た。「説明書」と書かれた封筒も出て来た。

「まだいろいろ入ってたのね」

ようこの後をついて部屋に入って来た母さんも、覗き込みながら言った。

「これだね、説明書って。開けてみるね」

中には便箋《びんせん》に、おばあちゃんの字で、次のようなことが書いてあった。

『ようこちゃん、りかは縁あって、ようこちゃんに貰《もら》われることになりました。りかは、元の持ち主の私が言うのもなんですが、とてもいいお人形です。それはりかの今までの持ち主たちが、りかを大事に慈《いっく》しんで来たからです。ようこちゃんにも、りかを幸せにしてあげる責任があります』

……人形を幸せにする？……。

どういうことだろう、ってようこは思った。どういうふうに？

『どういうふうにか説明します。まず、朝は着替えさせて髪を櫛《くし》で梳《と》き、柱を背に、お座布団《ざぶとん》に座らせておきます。その前に箱膳《はこぜん》をしつらえる。コップに汲《く》みたての水を一杯《ぱい》。お湯飲みにほうじ茶を一杯。おみそ汁を漆のお椀《わん》に、炊《た》き立てのご飯を焼き物のお茶碗《ちゃわん》に、おこうこは鶴《つる》の小皿。大事なことは、必ずようこちゃんもいっしょに食べること。（だってひとりのお食事って味気ないでしょう。）そしてりかちゃんの食べた残りも、ようこちゃんが食べてあげること』

……なんのことかよく分かんない。

「母さん、箱膳ってなあに」

「そのお道具が入っていた箱のことよ。その蓋《ふた》を、テーブル代わりに使って、食べ終った食器は中にしまうわけ」

……ふうん。じゃ、昼ご飯も……。

『昼ご飯はいりません』

……晩ご飯は……。

『晩ご飯は、ようこちゃんが食べているものを一品《ぴん》だけ、お皿に載せてあげてね。

そのときに、おかずの説明をしてあげてちょうだい』

『寝るときは、寝巻きに着せ替えて、ようこちゃんの隣りに寝かせてあげてちょうだい』

ようこは、生まれてこのかた、誰かといっしょに寝たことなんかほとんどない。旅行先で、両親といっしょの部屋で寝たことはある。そのときだってお布団は別々だ。一度、従姉妹《いとこ》の家に泊まりに行って、初めて誰かといっしょのお布団に入ったときは明け方まで眠れなかった。

……眠れるかなあ……。

なんだか大変なことになった。

『当座はそれくらい。あとはだんだん少しずつ分かって行くでしょう』

「母さん、めんどうくさそうだねえ」

そう言いながら、ようこはけっこう楽しそうに見える。新しいペットが来たみたいだ。

「りかちゃんの世話をするためには、毎日早く起きないといけないわね。ようこ、がんばってね」

母さんは励ますように言った。

「じゃ朝食も、パンよりご飯がいいわけね」

「そこんとこ、おばあちゃんに訊《き》かなくちゃ」

ようこは電話に走って行って、用件を聞き終えると、すぐまた戻って来た。

「ようこが食べるものなら、なんでもいいんだって」

「そう」

母さんはほっとしたようだ。

「じゃあ、今日はいつものようにシリアルとスクランブルドエッグとグレープフルーツだけれど……」

「やってみよう」

ようこが片手にりかちゃんを、もう片手に箱膳を運ぼうとしているのを見て、母さんも手伝った。

そしてキッチンの隅の壁に座布団と箱膳をおき、りかちゃんの場所をつくった。

「なんだか落ち着かないわね」

「……そうだ、母さん、私が小さいとき使っていたダイニングチェアがあったでしよう」

「ああ、あったあった。待って、すぐ持って来るわ」

母さんは勝手口から物置に走った。ずいぶん積極的だ。お人形って、年齢を問わず女の子を夢中にさせる何かがあるみたいだ。

その間にようこは、りかちゃん用のお茶碗にほんの少しのシリアルを入れ、ちょろっと牛乳をかけた。お椀にこれも一口程度、スクランブルドエッグを入れ、ようこ用に半分に切ってあったグレープフルーツを、一袋の半分、スプーンでくりぬいて、おこうこ用の小皿にのせた。

「ずいぶん埃《ほこり》をかぶってたけど、拭《ふ》いたらきれいになったわ」

母さんが踏み段の付いた幼児用の椅子《いす》を運んで来て、テーブルに据えた。

それからりかちゃんを座らせたが、まだあとほんの少し、座高が足りない。テーブルに顎《あご》をのっける格好になる。

「ようこ、お座布団を持って来て」

「はい」

椅子にお座布団を敷《し》いて、その上に座らせると、今度はぴったりだ。

「よし」

ようこは満足した。母さんも満足した。りかちゃんも満足した。

「じゃあ、ようこも早くお食べなさい」

「はあい」

いつもの食事がなんだかすごく楽しい。

りかちゃんも初めてのメニューで目を丸くしている。

食べ終ったころ、父さんが起きて来た。

「おや、なんだい、お人形ごっこか」

「違うの。おばあちゃんの説明書どおりにやってるの。……ちょっと違うところもあるけれど」

「おや、この人形……」

父さんはりかちゃんをじっと見た。母さんは、

「今日は初めての画家の方《かた》とお会いするんでしょう?」

「……ああ」

父さんはなにか思い出しかけたけど、すぐに椅子に座って新聞を拡げた。

ようこは自分の分を平らげると、りかちゃんのにかかった。りかちゃんの食べた後は、ちっとも減っていないように見えたけど、何かがすかすか抜けてしまっているように感じた。

りかちゃんにはとても珍らしい朝食だった。

父さんはトーストを齧《かじ》っている。

母さんはコーヒーだけ啜《すす》っている。

ようこは並べられたいろんな種類のシリアルとドライフルーツから好きなものをブレンドしてミルクをかけて食べている。

――ばっらばら。

麻子さんのところの朝食は、いつも判で押したように決まっていた。みそ汁の具だけは違っていたけれど。だから、朝食ってそんなもんだと思っていたりかちゃんは、びっくりした。

「どうでしたか、りかちゃん」

ようこは、こっそりりかちゃんに声をかけた。父さんや母さんに気《け》どられないように。だってやっぱり恥ずかしいでしょう。

―ええ、おいしかったわ。

りかちゃんはまだようこには届かない声で返事をする。けっこうシリアルが気に入った。

「そうそう、この間、登美子《とみこ》ちゃんのお母さんに、駅で偶然お会いしたの。もうすぐお雛《ひな》の会をしますから、ようこちゃんも是非どうぞ、って言われたわ」

「知ってる。今度の土曜日にあるんだって」

登美子ちゃんの家には古いお雛さまがたくさんあって、毎年二つの和室の間の襖《ふすま》をとって大がかりに飾り付けられる。

「でも、登美子ちゃんのお母さん、顔色が悪かったわ。だいじょうぶかしら」

「ほんと?」

ようこは心配そうな顔になる。じつは登美子ちゃんも最近少し、元気がない。

「あまりお邪魔にならないようにね」

「分かった。……ねえ母さん、うちもそろそろ飾り付けしよう」

ようこは提案する。

「……そうねえ……」

母さんは気乗り薄だ。

ようこのお雛さまは、母さんの小さい頃のお雛さまなのだが、長いこと飾っていなかったので、男雛《おびな》をはじめ、何体かは鼠《ねずみ》に齧られてしまって欠けていた。ようこが生まれてから、母さんの実家から新しいのを買い揃《そろ》えてあげるという申し出があったのだが、ちょうど同じ頃、同じように欠けた古いお雛さまを処分したいという知り合いが出て来たので、実家からはお金だけ貰《もら》って、知り合いからはお雛さまの欠けている分の人形をいただいた。男雛だけは両方欠けていたので、父さんが自分の実家から男雛だけこっそり持って来た。

だから、ちぐはぐなのだ。母さんも自分のお雛さまに未練があってこんな中途半《はん》端《ぱ》なことになってしまった。ようこにもちょっと後ろめたい。

母さんの両親はそれからしばらくして亡《な》くなった。母さんたちはちぐはぐのお雛さまと赤ん坊のようこを連れてその家に移った。

ようこの所にりかちゃんが来てから一週間目の夜、いつものようにようこが、りかちゃんの「ちっとも減っていないけれど、すかすか何かが抜けている」食べ残しを食べていると、急に、となりに座っているりかちゃんから、ぶわーっと生温かい空気が押し寄せて来た。

……え？

ようこは思わず食事の手を止めて、まじまじとりかちゃんを見た。真っ黒い髪はいつもに増して艶《つや》やかで、冷たいはずの胡粉《ごふん》塗《ぬ》りの顔は内側からうっすら薔薇色《ばらいろ》に輝いている。

「見て、見て、母さん。りかちゃん、ちょっと変」

後片付けをしていた母さんは、ちらりとりかちゃんに目を遣《や》ったけれど、

「どこが」

と言っただけで、気にも止めずに後片付けを続行した。ようこはちょっと意外。

……どこがって……。母さんったら、どこを見ているんだろう。

こんなに、生きてるみたいに見えるのに。

ようこはご飯を終えると、ちょっとためらったが、部屋に連れて帰るために怖《おそ》る怖《おそ》るりかちゃんを抱いた。いつもより丁寧に、まるで生きている赤ちゃんを扱うように。ようこは一人っ子だったから、自分にこんな妹があったらどんなにいいだろ

うって、チラッとそのとき思った。

途中、客間の横を通ったとき、障子の向こうが妙にざわついている気がした。開けたものかどうか、ちょっと迷っていると、

―だいじょうぶよ。

今抱いているりかちゃんから声が聞こえた。びっくりして、思わず、

「うわ、りかちゃん、しゃべれたのかあ」

と、ようこも声を出した。人間っぽくなったとは思ったけれど、まさか話ができるとは思いもしなかった。

りかちゃんの体は、ぶれた写真のように二重に見えた。本体の人形のりかちゃんに、少し浮き上がってぎこちなく口を動かすりかちゃんが重なっている。ようこはなんだか、かぐや姫でも抱いているような気分だ。

―ようこちゃんが私とお食事するようになってから、今日で七日、今夜は七日目の夜ですから。だから、ようこちゃん、私がしゃべりかけても、それほど気味が悪くないでしょう。

「ほんとだ」

ようこは不思議に思った。

ようこにはどうとはっきり言えないけれど、りかちゃんの声は、耳から聞こえるというより眉間《みけん》の辺りから入り、頭の中で響くようだ。

―今、ようこちゃんは障子を開けようか、どうしようか、迷ったでしょ。

「うん」

―ようこちゃんは、今夜から、私と本当になじんでおつきあいが始まったので、ほかの人形の気配も分かるようになったのよ。あの人たち、もう、前々から大もめにもめていたのです。

「もめてたって?」

―古くからいる人たちと、新しく来た人たち。普通、お雛さまは、セットでやって来ることが多いので、セットで、一つの、ぼんやりとした思いを醸《かも》し出しているものなの。そこのおうちの女の子が、楽しく生きてくれればいいなあ、とかね。けれど、今は別々につくられたお雛さまたちが、一つのセットになってしまったから、それぞれの思いが衝突したりして、だんだん不協和音がかしましくなって来ているの。

「おしゃべりしあってるの？」

—いいえ、私たちがするようには。ただ自分の思いを唄《うた》っているようなもの。それぞれが勝手に唄い出したの。

そう言われても、ようこにはよく分からなかった。第一、私たちが、って、りかちゃんだって人形じゃないか。

—障子を開けてごらんなさい。

ようこは障子を開けて、電灯をつけた。

覚悟はしていても、見慣れているはずの雛人形たちが、いつもと違って、それぞれの声でなにかしきりに訴えつづけているのを見ると、あまりの騒々しさ、迫力に、思わず後ずさりしたくなる。

——うるわしの、せのきみ。うるわしの、せのきみ。

そう呟《つぶや》きながらよよと泣き崩れているのは、いちばん上の段のお姫さまだ。

—せのきみって、前の男雛《おびな》のこと。

りかちゃんが説明する。

「鼠に齧られてしまった？」

——そう。

三人官女は左端から、

——おのれ、悪党め、おのれ、悪党め。

と憤怒《ふんぬ》の表情も恐ろしげに、何者へともなく罵《のの》しり、真ん中の一人、屈《かが》んでいる官女は、

——ご寛恕《かんじょ》のほど。ご寛恕のほど。

と哀れな声をあげ、右端は、

——さても、さても。

といきりたっている。

以下、五人囃子《ごにんばやし》も、三人仕丁《さんにんしちょう》も、皆それぞれ一人芝居のように、同じせりふを誰にともなく延々繰り返していた。なかでも、五人囃子の真ん中のは、ひときわ甲高い声で、

——入《い》り婿《むこ》が。入り婿が。

と叫び続けている。

「入り婿って、養子のことでしょ」

――ようこちゃん、よく知ってますね。

「だって、うちの父さんも養子だもの。ときどき、自分で入り婿だとか、養子だとか言ってるもの。うちは代々養子の、女系家族なんだって。母さんも女二人の姉妹の長女だし。私も女の子だし」

――この中で、一人だけ何も言わない人がいるのに気づきましたか。

ようこはすばやく見つけた。

「わかった、男雛《おびな》だわ」

――そう。

なるほど男雛は何も考えていないようにも見えるし、もの思いに沈んでいるようにも見える。その姿を見ていると、ようこはなんだかつらくなった。ようこの気持ちを見透かしたようにりかちゃんは、

――さあ、お部屋に戻りましょうか、ようこちゃん。

と言った。その声に、ようこは慌《あわ》ててうなずき、外へ出て障子を閉めた。

まだ雨戸をたてない縁側では、閉めた障子から洩《も》れる光が、夜の闇《やみ》にやわらかく浸《し》みて出た。その縁側をつたってようこたちが自分の部屋に戻ると、りかちゃんは、

少し言いにくそうに、私のことを、りかさん、と呼んでくださらない？　と申し出た。

なるほど、りかさんはようこより年上のように思われた。それに、りかちゃん、という呼び方はあの、ようこの欲しかった人形を思い出させてよくない。それで、ようこも、よし、分かった、とうなずいた。

その夜、ベッドの中で、ようことりかさんは長いお話をした。

「ねえ、りかさんは、おばあちゃんともこうやってお話していたの」

—そう。麻子さんはようこちゃんのことをいつも私に話してくれた。ようこちゃんが生まれたときからね。寝返りが打てるようになったんだとか、ハイハイが特別早いとか。麻子さんはそりゃあ、ようこちゃんのことが好きなの。

「ええ、私もおばあちゃんのことが好きよ」

ようこは真面目《まじめ》な顔で言った。

「おばあちゃんの所へ来る前、りかさんはどこにいたの」

—箪笥《たんす》問屋《どんや》の加代《かよ》さんのおうち。麻子さんは加代さんのお友達だったの。加代さんは体が弱くて床《とこ》に臥《ふ》せっていたことが多かったけれど、私の世話はとても良くしてくれた。ある日、加代さんは、私に、自分はもうあまり長くないけれど、誰かに貰われるとしたら、誰のところへ行きたいかって、訊《き》いたの。私、加代さんには私の世話がもうだいぶしんどくなって来ているって知ってたから、辛《つら》かったけれど、それなら麻子さんの所へ行きたいなって、答えたの。

そのときのことを思い出しているのか、りかさんはちょっと黙った。

「りかさんが初めて話しかけたとき、おばあちゃん、びっくりしたでしょう」

―麻子さん？　そうね……どうだったかしら……あまりびっくりしなかったわ、そう言えば。不思議ね。最初から、私のことを分かってたみたいだった。加代さんが話したとも思えないし……。

その存在自体、不思議の固まりのようなりかさんが不思議だと言うのを聞くのは、とても不思議な気分だった。

―麻子さんの所には、いろんな人形がいっぱいあったから、麻子さんは人形のこと、よく知ってたのね。それから麻子さんが結婚するまでいっしょにいて、それからしばらく麻子さんの部屋で眠っていたの。ようこちゃんのお父さんの啓介《けいすけ》くんが大きくなって、家を出て行くまで。

「それはずいぶん長いことだね。寂しくなかった？」

――ううん、ちっとも。人形は周囲に人がいなくなったら、自然に休むようにできているのよ。種が冬眠するようなもの。

さて、登美子ちゃんの家の雛祭《ひなまつ》り、ようこもりかさんを連《つ》れて出かけた。

登美子ちゃんの家には、存在感はあるけれど、ちょっと恐ろしげなお人形もあって、ようこは少し苦手だ。怖そうなのはいつもなるべく見ないようにしている。でも、今日はりかさんがいるから心強い。

大きな冠木門《かぶきもん》だ。

いつもはこの門はかたく閉まっていて、ようこたちは、脇《わき》に付いている小さな戸口から出入りする。でも、この日ばかりはその厳《いか》めしい門が、ようこたちのために開かれている。その門をくぐって行くのはなんとも晴れがましい。大人になった気分だ。

ようこは知らないけれど、じつはこの門は、最近ではもう元旦《がんたん》と雛祭りの日しか開かれない。それ以外で開いたのは、登美子ちゃんのおばさんの結納《ゆいのう》のときぐらいだ。

これもようこは知らないけれど、じつは雛祭りにこの門が開《あ》くと、登美子ちゃんのうちの、なにかの結界が崩れてしまう。

門をくぐるとき、りかさんはすぐにそのことを感じとった。そして、ようこも、今回はちょっとおかしいと思った。

無数の小さい手があちらの木陰、こちらの軒から出たり引っ込んだりするのが見えた。集団遊戯のようで、覚悟して見ると楽しげなのだが、サイズが、いかにも小さい。思わず立ち止まって、目をこすった。するとそれはいっせいに消えたが、その引きざまがどうにも怪しい。気のせいだとは思われない。

いつもこの時期、枝先がほんのり紅色に煙っている感じの桜の木にしてからが、今日はざわざわと落ち着きがない。枝先と枝先が互いにひそひそ囁《ささ》やき合っている感じだ。かと思えば、ぼうっと見ている間に、恰幅《かっぷく》のいい猫のような生き物が、ざざっと足元から玄関のほうへ駆け込んで行く。

「りかさん、これは何なんだろう」

――登美子ちゃんのおうちって、なにか大変なようですよ。

りかさんも少し声を低めて応《こた》える。とりあえず玄関にまわり(その間にも柱を金色のヤモリが這《は》い上がったり、冬眠から覚めたばかりといった風情《ふぜい》のヒキガエルがようこの靴をふんふんと嗅《か》いだりした)、例年のお作法どおり、

「お雛さま、ごはいけーん」

と奥に向かって声をかけた。

ようこの住んでいる辺りは、三月の声を聞くころから四月の上旬ぐらいまでお雛さまを出しておく風習がある。その間は、小さい子たちはこんなふうにあいさつして友達の家に上がり込むのだ。

古いお雛さまを引き出して飾り付けてあるせいか、登美子ちゃんの家は玄関に立っただけで、いつもよりなんだか埃《ほこり》っぽく、かびくさいような空気が奥から流れて来る。でも、それはようこがそう感じただけで、りかさんに言わせれば、

――なんとまあ、にぎにぎしい。

奥から登美子ちゃんが出て来た。目はおかしくてたまらないというように笑い、

えへっと口元を曲げて、

「ようこそいらっしゃい」

と正座して、丁寧にお辞儀する。

「お招きありがとうございます」

ようこも丁寧に返す。

「あ、ようこちゃんも、お人形持って来たんだ」

登美子ちゃんはりかさんを見つけて、思わずいつもの口調に戻った。

「うん、り……」

かさん、ていうの、と言おうとして、その名前が思い起こすだろう、リカちゃん人形と、りかさんがあまりにもかけ離れているので、笑われるかもしれない、とようこは口籠《くちごも》った。

「り……？」

登美子ちゃんが続きを聞きたそうに首をかしげた。

しかたがない。ようこは観念して言った。

「りかさん。ひらがなの、りか、さん」

「へえ」

登美子ちゃんの目が輝いた。

「リカちゃん人形とおんなじ」

「まあ、偶然だね」

こうなったら開き直るしかない。

そこへ、登美子ちゃんのお母さんが出て来た。ようこは驚いた。いつもは美しい人なのに今日は何というやつれようだろう、目が落ち窪《くぼ》み、頬《ほお》がげっそりとこけている。

「ようこちゃん、いらっしゃい。ゆっくりして行ってね」

弱よわしくほほえむと奥へ引っ込んだ。

「登美子ちゃんのお母さん、元気ないね」

ようこは心配して登美子ちゃんにひそひそ声で訊《き》いた。

「それがねえ……」

登美子ちゃんは、聞いて聞いて、と言わんばかりに、ようこの腕を掴《つか》んだ。

「おばあちゃんが寝たきりになっているのは、知ってるでしょ。それでも床《とこ》からお話はできたんだけれど、二、三日前からそれもできなくなった。ほんとに目を閉じたきりになっちゃったの。ちょうど美子《よしこ》姉《ねえ》さんが来てたから、よかったんだけれど……」

「じゃあ、大変だ。雛祭りどころじゃないねえ。あたし、来てよかったの？」

「うん、だって、雛祭りはいつも、おばあちゃんのいちばんのお楽しみだったから。せめて登美子のお客はそのままお招きしましょう、って、美子姉さんとお母さんと話しあったの」

座敷に入ると、雛壇が三つ組まれていて、雛人形のほかにも賀茂《かも》人形や這子《ほうこ》、紙雛やビスクドールまで、いろいろな種類の人形が飾られている。

「ちょっと待っててね、雛菓子を持って来るからね」

そう言って登美子《とみこ》ちゃんは、障子を、カタン、と閉めて行った。

障子の明るさも奥までは届かない。広く薄暗い座敷の中は、そこで改めてひっそりとする。

耳鳴りが、じーんとして来たと思ったら、その耳鳴りに混じって、だんだん、歌のようなものが聞こえて来た。
手鞠唄《てまりうた》だ。

一かけ
二かけ
三かけて
四かけて
五かけて
橋を架け
橋の欄干《らんかん》　腰掛けて
遥《はる》か向こうを　眺むれば
十七八の姉さんが
片手に花持ち　線香持ち……

「りかさん、誰が歌ってるんだろう」

ようこは小声でりかさんに囁《ささや》いた。

—ほら、左の雛壇の下の方、きれいな手鞠《てまり》のそばに姉様《あねさま》人形が……。

見ると、お細工の美しい手鞠に寄りかかった古い紙雛の姉様人形が、歌っているのだった。

明治十年　戦争に
討たれて死んだ父上の
お墓詣《はかまい》りに　参ります
お墓の前で　手を合わせ
南無阿弥陀仏《なむあみだぶつ》と　拝みます……

急に座敷の中央にもやもやしたものが集まって来たと思ったら、あっと言う間にそれは白い幕のようなものになり、座敷の真ん中に何かが映し出されようとしている。

「りかさん、これは？」

ようこは驚いて訊いた。怖くはない。怖くても当然だけれど。向こうの世界の案内人のようなりかさんが付いているからだろう。

—あの紙雛の記憶のようなものです。なにかを伝えたがっていたので、スクリーンを出しました。

「すごい、りかさん、そんなことができるんだ」

—これだけこれだけ。私にできるのは思いの橋渡しのようなことだけ。

幕にもやもやと湧《わ》き立って来たのは、御高祖頭巾《おこそずきん》を被《かぶ》った女の人、低い軒の並んだ路地を歩いている。腕に手籠《てかご》。籠の中には手の込んだ繡《ぬ》いの鞠《まり》や姉様人形。

——鞠に姉様、鞠に姉様。

女の人は頭巾の口元を少しずらし、遠慮がちな声で呼びかける。女の子たちがその声でわらわらと集まって来る。目だけが見える御高祖頭巾を、それでもことさら目深《まぶか》に被った女の人の、決して顔を覗《のぞ》いてはいけないと、女の子たちは陰で親からきつく申し渡されている。

手鞠唄が遠のき、御高祖頭巾のまぼろしが薄れて行くと、誰かが急に「これはしたり、これはしたり」と叫《さけ》び出した。

七福神の一人、鯛《たい》を釣り上げたかっこうの恵比須《えびす》さまだ。なにが「したり」なのか、皆目分からなかった。期待はずれの鯛だったのだろうか。それとも紙雛が歌い始めたのが気に入らなかったのだろうか。

案じる間もなく、雛壇下段の、衣装《いしょう》を着けた木人形《もくにんぎょう》が、すうっと、前にせりだして来て、アリアを歌うように声を上げた。

――不思議なことであった。芙蓉《ふよう》の花が咲いていた、夏の夕暮れどき。その薄桃色の花が散り落ちるどぶ板の上。あの子は私を抱えて両親の帰りを待っていた。その横の小路《こうじ》を入ればその子の家であったのが、あの子は夏の陽《ひ》の落ちるのをひとり寂しく座敷で待っていたくなかったのだろ。そこへ、たったたったと鳥打ち帽を目深《まぶか》にかぶり、駆け足でやって来る男が一人。おかしなことに狐の面をつけている。通り過ぎざま、あっと言う間もなくその男はその子を抱えて、たったたったと走り去って行った。帰って来た両親はどぶ板の上に落ちていた私を見つけた。神隠しにあったのだと、皆はうわさした。

木人形はちょっと区切りを入れた。息を継いだ感じだ。

――あれはあの子が五つの歳《とし》。おっかさんはそのときから私をその子の身代わりにして手放さなんだあよ。

うっとりと満足そうに付け加えた。

――たったったとな。たったったと。

とらえて、恵比須が念《ねん》を押《お》すように繰り返す。

――……たったった……。

それを引き受け、男雛《おびな》が消え入るような声で呟《つぶや》いた。とたんに一同、地声を轟《とどろ》かすように、

――たったったったったったったった。

と唸《うな》り始める。部屋の空気がもやもや揺らいだ。そのスクリーンに、遠くからやって来る男の影が浮かぶ。それが急に自分の方に近づいて来て今にも手を差し出されそうだったので、

「りかさん」

ようこは思わず叫んだ。

ふっと、すべてが元に戻った。

水を打ったような静けさの中で、遠い木霊《こだま》のように、木人形の声が微《かす》かに響いた。

――……ほんにねえ、あれは何であったのだろ。

静かになったと思うほどなく、ざわざわと、部屋の端から小さな動物たちが走り始めた。

――十二支の芥子人形《けしにんぎょう》。ほら、一本一本、毛まで丁寧にできている。

ようこの親指の先ほどの大きさしかない十二支の動物たちは、走り回るだけで何をするというわけでもなかったが、せっかく鎮《しず》まったなにかをまた掻《か》き立てているようで、ようこは気が気ではなかった。

案の定、その動きにつられるようにして女の人のハスキーな声が響き始めた。

――番所の隣りの竹藪《たけやぶ》をずっと奥まで入った所に、あちきの巣があったんだあね。

軒下で仔《こ》を産んだ野良《のら》猫が夜更《よふけ》に一匹また一匹と仔をくわえて運んで来るのさ。張り詰めた神経は畜生とはいえあっぱれなもの。月夜に竹林《ちくりん》に入ったことがあるかい。地面は枯れた笹の葉で覆われている。風が、こう、ざざーっと吹くとね、四面世界が回《まわ》り灯籠《どうろう》のように動くのサ。

こう、語り始めたのは、驚いたことに官女の一人だ。

―盗まれて、竹藪の中に捨てられた官女です。けものが間近に行き来しているような所に。その後、遊廓《ゆうかく》へ通う途中の男に拾われて土産になった。その性《しょう》が映ってるんです。

りかさんが囁く。

――……それがサ……。

今度は、またもやもやと現れた幕の中から、何人かの、声だけがこそこそと聞こえる。

——……そこを通るたびに同じ着物、同じ場所に、同じ所作でいるのだが、こう、ちぃと前屈《まえかがみ》にして、こちらを向こうともしないんだヨ、もとより人とも思われぬ、狐狸《こり》の類《たぐい》とも違うように思う、けれど、捨て置いてなんぞ障《さわ》りがあってはと思うと気になってならない。ちょうど家の者が長唄を習いに行っている先で、たまさかそのご亭主といっしょになるという。どんなあんばいかと問うに亭主応《こた》えて曰《いわ》く。

——応えて曰く。

——家内は長患《ながわずら》いにて床《とこ》につくこと十数年、店のことなど手練《てだ》れの者が切り回してくれて障《さわ》りはない。ただ寝ている我が身が不甲斐《ふがい》ないのか、やはり差配に恋着しているのか、ああやって通りから店の中を見張っている。

——生身《なまみ》は寝ているのだね。

——生身は寝ているのサ。通りに向かって覗き窓があっての、小さな欄干《らんかん》が付いていたが、いつの年だか亭主にせがんでそこに人形を置くようになった。おかみさん曰く、我が身浅ましとは思えども、夢うつつのとき、魂魄《こんぱく》が人形を伝って表に凝《こ》ってしまうのじゃと。

——それはその、人形のせいじゃ。

——皆がそう言うておる。

「これはどの人形の話？」

ようこは小声でりかさんに訊く。

—ほら、真ん中の少し小さめの……。

「ああ、わかった……」

その人形は確かに時代がかっていて、結い上げていたらしい髪もまばらになっていた。

雛壇の中央では、

——あの権高《けんだか》なさまはどうだい。乳母《めのと》風情《ふぜい》が。

——役目は乳母なれど、ほんに乳《ち》をあげたはおさしと言うて別の下女。おまえなどに乳母風情呼ばわりされる筋合いはない。

さっきの木人形《もくにんぎょう》と三人官女の一人が、やりあっている。

――乳《ち》もやらずに乳母とは驚いた。

――疎《うと》いやつよの。格式のある家では、表向き乳母はそれ相応の家柄のものでなくてはならんのじゃ。おまえこそ、オコゼが桟橋にぶちあたったよな面相をして。

――あれサ、いやなことを言うよう。

――あれは、それぞれの持ち主の争いを再現しているんです。

りかさんは苦笑した。

このけんかに触発されたのか、今まですましていちばん高いところに鎮座ましましていた、享保雛《きょうほうびな》の男雛《おびな》の黒目がちらっと動いた。

――オコゼとな。オコゼと言えば、山の神。祭りに供えんとて蔵の中で我らが隣りにしまわれておった。あれはいつの世《よ》であったか。我らが島へ流されておったときか。オコゼなるもの、じかに見ることかなわなんだが、ほう、いかさま、そのような面構《つらがま》え。初めて見る。

男雛は元々細い目をことさら細くするようにしておちょぼ口で呟《つぶや》いた。

——もったいないこと御意《ぎょい》あそばす。これ、そう高々と面《おもて》を上げて長いことお目《め》汚《よご》し申し上ぐるでない。

女官がさらに威丈高に木人形を叱《しか》りつけると、

——悔しやのう、悔しやのう。

と、木人形は地団駄を踏む。

見かねたのか享保雛の女雛《めびな》の方が、鈴を振るような細い声で、

——御前《ごぜん》さまさえ、おかまいなされませなんだら。

と、軽く隣りの男雛をたしなめた。男雛は甲高い声で、

——ほほ。

と笑った。すると、もやもやしたりかさんのスクリーンの中に、また絵が現れ始めた。

——もうかまわないでください。お母さん。あなたさえ私を放っておいてくれたら、私は何もあんな遠い島へなんか、お嫁に行こうとは思わなかった。

目に涙を浮かべて、二十歳《はたち》ぐらいの線の細い娘さんが叫ぶようにして訴えている。

その前には、きりりとした風情《ふぜい》の母親が当惑して立っている。

――そんなことを言って、清子《きよこ》。おまえ、まさか、私から逃げようとして、内山さんのとこへお嫁に行くつもりだったのかい。

清子と呼ばれた娘さんは、こらえきれずにわっと泣き出した。

――そうなのかい。島へ行ってしまったら、めったなことでは訪ねて行けない。おまえ、それで……。

母親はショックを隠しきれない様子だ。へたへたと座り込んでうつむく。まるで芝居の一幕を見ているようだ。

――夫にも疎《うと》んじられ、おまえまで私を……。

ふだん気丈な母親のその姿に、清子はさすがに慌《あわ》てて、

――お父さんはお母さんのことを疎んじてなんかいやしない。お母さんは思い詰めるのよ。嫁入り支度だって、あんまりたいそうなんだもの。こんなに何もかもに女紋《おんなもん》、びっしり入れていたら、向こうでもあんまりいい思いはしないでしょう。

言い訳をするように母親をなだめにかかった。

――私のときもそうだったさ。

母親はきっとして顔を上げる。

その情景がもやもやと拡散し、場面は変わって、大きな商家の店先、何を商っているのかは一見分からないが、壺が並んでいるのを見ると油屋か何かなのだろうか。その奥に大きな享保雛、まさにこの一対《つい》が飾られているのが見える。そこへ通りがかりの学生風の青年、ふと店先を覗《のぞ》き、この男雛《おびな》に目を止め、引き寄せられるようにして店の中へ入り込む。

――もうし、何か。

店の小僧にとがめられる。

――いや、客ではないのだが、あの男雛の装束《しょうぞく》が見事なもので……。ちょっと見せてもらうわけにはいきませんか。

小僧は困った顔をして、

――ちょっと待ってください。

奥へ引っ込む。と、すぐにこの家の娘さん、清子に出会ったとみえ、先《せん》のスクリーンに出た清子を連れて出て来る。

――うちの雛がどうかしましたか。

清子は涼しげな声で尋ねる。

――あ、突然すみません、僕は内山と言います。通りがかりにこの男雛の衣装が目に入って、ちょっと見せてもらえないものかと。

内山は緊張している。

――ああ、そんなことでしたら。

清子はほほえむ。

どうやら時間は後戻りしていて、これがこの二人のなれそめのようだ。男雛《おびな》が二人の橋渡《はしわた》しをしたというわけらしい。

その場面もまたぼんやり消えて行くと、

「あれ、りかさん、あそこのあれ……」

ようこの指さすほうには、粘土を乾かしたような素朴な、衣装もそのまま手描きされている小さな地蔵のような人形が、ぐらぐらと揺れていた。

――ああ、あの土人形は……。

りかさんがなにかしゃべろうとすると、またスクリーンの中から沸き立つような声が聞こえた。

—この人形について、昔誰かが語った、この人形の記憶です。

りかさんが囁《ささや》いた。

——……この人形はね、もとは鳥だったのさ。その姿はカケスやら九官鳥やら、いずれ烏《からす》の類《たぐい》だね、物真似《ものまね》をする。その物真似鳥がぴょんぴょん跳《は》ねてこちらに近づいて来る。一歩跳《と》ぶごとに誰ぞの口真似をする。それが皆、私の見知った人なンダ、それでいよいよ私に向かって跳んで来た、跳びついた、中へすっぽり入っちまった。そこで私の口真似をするのだが、それが変な具合サね、自分がしゃべってんだか、自分の真似をする物真似鳥がしゃべってんだか分からない。

その鳥がなかなかに私を抜けて行かないんだよ。爾来《じらい》しゃべるたび、どうも妙なあんばいでサ。弱りきっていたところに、ある明け方、厠《かわや》へ立つと、それがふいっといきなり抜けた。鳥がサ、こう、バサッとね、後ろへ跳ねて抜けた。振り向くと、この人形があった。そうか、この人形に今度は入ったのだな、と合点《がてん》していると、案の定、夜中にしゃべり出す。ことにしんとした、深い夜に、来るな、と思うと必ずしゃべり出す。それが不思議に今度は誰の真似とも判じ得ないんだよ。今までの物真似が全部入っているような気もするし、私の筋が入っているような気もするし。

——つまりは人形に入っちまったんだ、真似ようにも真似られず、出るにも出られずってとこじゃないか。

——私のほうはあの鳥が抜けたときにどうも何か、変なものを持って行かれたような気がしてねえ。あのときから気持ちがすーすーしてならない。鳥のほうは人に入って物真似するたびに、なにかいっしょに抜いて出て行ったものを、人形が相手だと抜くものもなし、出るにも出られず、今では自分が鳥であったことも忘れてこうしているのさ。

で、しゃべると言ってもさほどたいそうなことでもない。やれ、井戸に落とした櫛《くし》が本黄楊《ほんつげ》であったの、隣りの子どもがうちの土塀に穴を開けるだの、らちもないことをぼそぼそと繰り出すのサ。人の思いのがらくたのようなものが詰まっているんだねえ……。

——そりゃあ、きっと、それが人間さまの拠《よ》りどころってんだヨ……。

ようこにはさっぱり意味が通じなかった。

しかもどうも陰気な感じがした。もっと華やかな話が聞きたい。

「りかさん、ほら、あの西洋人形の話が聞きたい」

—ああ。話してくれるかしら。ようこちゃん、行ってこっちに抱いて来て。

少し怖かったが、りかさんが付いているのでようこも大胆になり、雛壇まで近づいて、たたまれた古いショールの上に座っているビスクドールをショールごと抱えて来た。ビスクドールとそのショールは同じ系統のものに思えた。

—ああ、それでいいです。だいじょうぶです。この人形は話します。

りかさんが請け合《う》うと、間もなく、ビスクドールの話が始まった。


——生まれたのはフランスなの。お店のショーウィンドウで、日がな一日、外を眺めていた。石畳の上を辻馬車《つじばしゃ》が通る音、子守が子どもをあやしながら通る声、大道芸人のにぎやかな掛け声。月夜にお散歩する殿方のステッキの音、道行く人は誰も、私に見とれたものよ。女の子たちは特に、一目見るなり私に釘付になったわ。何度も何度も急《せ》かされて、やっとの思いで私から離れて行くの。大声で泣き叫ぶ子もたくさんいたわ。毎日店の前を通っていた留学生が、ロンドンの婚約者への贈り物に私を求めたのよ。それでドーヴァー渡ったの。婚約者は巻き毛のブリュネット。包みを開けて私を見るなり、「まあ、すてき。ご親切にありがとう」と、行儀よくほほえんだ。でもそれだけ。

新居はクイーンズゲイトストリート二十五番地。五階建て、流行のテラスハウス。そこの客間に私は飾られた。お役人になったご主人は、毎朝八時きっかりに家を出て行くの。若奥さまは朝は遅いわ。食事の支度は全部メイドにやらせるの。メイドの名前はスーザン。歳《とし》は十四。五階の屋根裏に、奥さまのたくさんの靴箱といっしょに住んでいた。スーザンが私を見る目つきと言ったら。今まで私を見上げたどの子よりも激しい何かが感じられた。飢えにも似た憧《あこが》れ。スーザンは長いこと私に触れなかったわ。客間の掃除のたび、いくらでも私に触れることができたのにそうしなかった。彼女は私を崇《あが》めていた。こんな言い方が許されるならね。家じゅうが留守になると、彼女は必ず客間にきて、跪《ひざまず》いて私を見上げたものよ。……そうね、私もいけなかったかもしれない。彼女に、遊びましょう、って気を向けなかったの。だって、ほら、私、観賞用にできてたの。小さい子の人形遊び用ではなかったのよ。

だから彼女のほうでもそれと察して私に触れられなかったのかもしれない。

二年後、スーザンは奉公先を逃げ出した。郷里の村にいた小さい妹が、アメリカのおじさんのところへ引き取られることが決まったので、リヴァプールまで見送りに行きたかったの。でもそれをブリュネットが許さなかったんだわ。その日は家でブリッジの会があるからって。その夜、スーザンは黙って出ようと決心した。自分の荷物だけ持って出ればよかったのに——だってそんなふらふらした若い娘はいっぱいいたからね——、あろうことかスーザンは、私を持って出たの。初めて私を抱いたスーザンの手は震えていた。

犬の吠《ほ》える石畳の夜道を、霧にまぎれてスーザンは走る走る。リヴァプール行きの夜行に乗るために。けれど猛スピードで駆けて来た辻馬車にはねられて、スーザンは死んでしまった。私は飛ばされたけどスーザンの母親の形見のショールにしっかり巻かれてあって助かったの。それから通りすがりの人に拾われて、日本へ渡る学者一家の荷物に入って海を渡ったの。その一家が日本を去るとき、お世話になったお礼にと、ここの先代のご主人に私は貰《もら》われたわけ。スーザンの大事なショールといっしょにね。スーザンを恨んでるかって？　どうして？　人形と生まれて、あれほど憧れられて、私は幸せだったと思ってる。でもスーザンは、スーザンは可哀いそうなことだった。青白い小さな顔に血糊《ちのり》がべったりとついて、おお……。おお、スーザン。

ビスクドールは両手をふりしぼった。

——おお、スーザン。

——おお、スーザン。

雛人形の一同、深いため息とともにその名を繰り返す。

——あなたは言いたいんでしょ。

りかさんが優しい声で言った。

——あなたは、それが言いたいんだわ。

——ええ。

ビスクドールは深く内側に沈む声で応《こた》えた。

——そうなの。

——さあ。

りかさんが励ました。ビスクドールはちょっとためらったが、やがて小首をかしげ、この上なくかわいらしい声で囁《ささや》いた。

――ねえ、スーザン。いっしょに遊びましょうよ。

その瞬間、何かがその声にうなずいた。そして世界が一瞬きらめいた。ビスクドールから、透き通った高い高い憧れの気配が顕《あらわ》れた。まるで五月の空に昇って行く雲雀《ひばり》のような晴れやかさだった。

そうこうするうち、わけの分からないものでうようよしていた部屋の空気が、急にまた潮が引くように元に戻った。

ようこが、あれあれと思っていると、廊下を小走りに走る音が聞こえて来た。すぐに障子が開けられ、

「ごめん、ごめん」

と、登美子ちゃんが入って来た。千代紙の張られた重ね箱、雛あられに子ども用の白酒を大きなお盆に抱えている。

「私が自分でするから、お母さんは寝ててって言ったんだ」

登美子ちゃんは言い訳するように言った。

「ごめんね、退屈だった？」

「ううん、登美子ちゃんの家の人形、みんないろいろお話ししてくれておもしろいよ」

それを聞いて登美子ちゃんの目がきらっと光った。

「ようこちゃんってときどき変なこと言うから好き。でも、そう思うのは、幽霊が人形に取り憑《つ》いているせいかもよ」

と、わざと恐ろしそうな顔をしてようこを怖がらせようとした。

「いやだなあ、やめてよ、登美子ちゃん」

ようこは気味悪がった。同じ異界のものでも、幽霊と言われると気味悪いのに、不思議にさっきの人形たちが繰り拡げた世界は、ようこにはおもしろくあっても、怖いという気はあまりしなかった。それは、一度や二度はぞくっとしたけど。りかさんに連れられて、変わった演《だ》し物をしている劇場に行ったような印象だったのだ。ようこには元々そういうものになじみやすい資質があって、おばあちゃんはそれを見抜いていたのかもしれない。その資質を大事に育てるためにりかさんを付けてやったのかもしれなかった。

登美子ちゃんは、

「ごめん、ごめん。ねえ、私もリカちゃん持って来るから、ようこちゃんのりかちゃんと遊ぼうよ」

それから二人で、「日本のりかさんの家に遊びに来たアメリカのリカちゃん」ごっこをした。

りかさんもけっこう、のっていた。

けれど、その遊びをしているとき、雛壇の下に飾《かざ》られている「汐汲《しおくみ》」の人形が低くうめいたようだったのに、りかさんは気づいていた。

登美子ちゃんのうちを出ると、外は夕方のにおいがした。西のほうの空に淡い紅と紫がかかっている。春とはいえ、この時刻になるとだいぶ冷える。

「早く帰ろう、遅くなっちゃった。母さんが心配している」

りかさんを小脇《こわき》にしっかり抱いて、ようこは何かに追われるように小走りに角をまがった。そのとき、ようこはりかさんがさっきから何も言わないのに気づいた。

「どうしたの、りかさん」

ようこは、ふと立ち止まり、小さな声で話しかけた。往来で誰かに見られて変に思われても何《なん》だからである。

―ちょっと……。ううん、なんでもない。

りかさんにしては、歯切れの悪い、もの言いだ。ようこは、りかさんも登美子ちゃんのうちで疲れたのかも、と思い、そのまま家路を急いだ。

家に帰りつくと心なし、ほっとした。

帰るとすぐ、ようこは自分の雛人形たちに会いに、奥の座敷の障子を開けた。何だかいつもと違った感じがして、よく見ると、隅の薄暗がり、小さな女の子がこちらを向いてきちんと座っている。伏し目がちにして、肩下げのついた浅葱色《あさぎいろ》の着物を着ている。ふつうの人間でないのは、その輪郭《りんかく》が少しぼやけているのですぐ分かる。ようこはぎょっとした。

「りかさん、誰かいる」

―ああ、あの子。さっきから、私たちの後をついて来ていたんです。いっしょに家に入って来てたのね。

「どうしよう」

ようこはおろおろした。こんなことは初めてだ。母さんを呼んで来たってらちがあかないだろう。だいたい、見えないだろうから。ようこに見えているものが、母さんには見えない。

—とりあえず、話を聞いてあげましょう。話すものなら。

りかさんは落ち着き払っている。

「でも……」

何と言って話しかけたらいいのだろう。こんな人形が、登美子ちゃんの家にいただろうか。蔵のある古い家だから、どこかの隅にでもしまい忘れられていたのを寂しく思って追いかけて来たのだろうか。大きさからいうと、ようこよりずっと年下だ。ようこがためらっていると、少女が微《かす》かに動き始めた。

膝《ひざ》の上に置いた手をずらし、畳の目を探る。顔をあげ視線をまっすぐ雛壇に移す。固唾《かたず》をのんで見守っていると、その口がゆっくりと開《ひら》いた。

——……知らない？

ようこはりかさんをぎゅっと抱いた。どういう意味だか分からない。つぎの出方を待つしかない。少女はもう一度口を開いた。

——探してるの。

ようこは思い切って声をかけた。

「何を」

声がかすれてしまった。

——背守《せもり》。

そう言って、上半身をゆっくりと後ろにひねり、うつむいて背中を見せた。

——背守《せもり》と言うのは……。

りかさんが囁く。

——昔、子どもたちの着物の背につけた、お細工物で、お守り代わりだったの。

そう言われて、ようこは改めてその背中を見たが、なるほど何にも付いていない。

少女は、ゆっくりとまたこちらを向き直った。

——探してるの。

ようこも、今はもう観念して座り込んだ。りかさんを膝《ひざ》に抱いた。

「なぜ、うちに来たの」

思い切って、また話しかけた。少女は、ようこの向こう側を見るような目で、

――帰りたいの。

と言った。

ようこは解《げ》せない。じゃあ帰れば、とも思うが、さすがに口に出すのは遠慮して、

「でも、何か用があって、来たんでしょ。うちにその背守があると思ったの?」

と、できるだけ優しく訊《き》く。何しろ相手は小さい子だから。

――帰る途中なの。帰りたいの。背守がないと帰れない。

あとはもう、泣きじゃくって、帰りたいの帰りたいの、とだだをこねるように続ける。

「どうしたことだろう、りかさん、困ったねえ」

―どうも、登美子ちゃんの家が帰りたい家ではないようですよ。

ようこは、なおも優しく、

「おうちはどこなの」

と訊くが、しくしく泣くばかりで返事がない。

そうこうしていると、居間の方から母さんの呼ぶ声が聞こえて来た。晩ご飯らしい。

「はーい。今行くわ」

とりあえず応《こた》えたものの、

「どうしよう、しばらくここにいてもらおうか」

―そうですね。しばらく様子を見てみましょう。雛さんたちも、最初は驚いて殻に引き籠《こも》ったヤドカリのようでしたけど、少し慣れて来たみたいですから。

言われれば雛人形も、先ほどまでは緊張していたようだ。今は少し部屋の空気がやわらかくなったようにも感じる。ようこは、少女に向かって、

「じゃあ、少し思い出してみてね」

と言って、りかさんを抱いたまま座敷を出た。

その少女はそのままそこに居ついてしまった。

顔を見れば、帰りたいの、ええ、帰りたいのとぐちる。どこへ、と訊いてもそれは答えない。しまいにようこまで、むしょうにどこかへ帰りたくなる。

―座敷童子《ざしきわらし》って、いうことでしょうか。

りかさんも頼りない。

「ここにしか出ないから、そういうことになるのかなあ」

―雛さんたちも、ぎこちないけれど、同情しているみたい。

三人仕丁《さんにんしちょう》はいち早く「背守」という言葉を覚えた。

最初は、すぇーすぇーと顔を真っ赤にしてぶつぶつ言っていたので、何がまた始まるのかと、ようこは興味津々《きょうみしんしん》で見ていたが、結局、新しい言葉を発しようと気張っているのだと分かった。

人形というのは型の中に収まっているせいか、なかなか新しい台詞《せりふ》を覚えるのが難しいらしい。

「りかさんが出してくれる幕がなくても、自由にお話ができれば楽しいのにね」

―結局、木偶《でく》ですから。

その言葉は、いつものりかさんの調子から、ほんの少し外れていた。それがようこをちょっと不安にした。

……デクって、デクニンギョウのデク？　デクノボウのデク？

「でも、りかさんはデクじゃないよ」

りかさんは何も答えなかった。


「それは生き人形かもしれないねえ」

おばあちゃんはさっき焙《ほう》じたばかりのお茶を一口飲んで、思案しながら言った。

今日は土曜日で、ようこは泊まりがけでおばあちゃんの家に来ている。今年になってからようこ一人でバスに乗っておばあちゃんの家に来れるようになった。

「登美子ちゃんのおばあちゃんならよく知っている。お連れ合いが人形好きだったから。もっとも、あそこのお人形はその亡《な》くなられたご隠居さんが、日本各地を回って集められたもので、あたしのとは筋がまたちと違うがね」

「すごかったよ、おばあちゃん」

「そうだろうねえ。込められた思いのたけの、そりゃ、質量の大きさが違うよ、ブラックホールみたようなもんだ」

ようこのおばあちゃんは若い頃理科を教えていたことがあったので、そういう言葉がときどき意表をついて出て来る。

「それでね、その子、帰りたがってるの。ものすごく、帰りたい、帰りたいって言うもんだから、あたしまで帰りたくなっちゃった」

「自分の家にいるのに？」

「そう」

おばあちゃんは少し眉《まゆ》をひそめた。

「そりゃ、少し剣呑《けんのん》だね。引きずりに来たんだろうか。りか、どういうあんばいかい」

おばあちゃんはりかさんに声をかけた。

—質《たち》の悪い気配はないんです。でも……。

りかさんも口ごもる。

「形代《かたしろ》のなりそこないかしらん」

おばあちゃんは首をひねった。

「形代って」

「もともとは、人の災難や業《ごう》を背負って流される役目の人形。人形ってほんとはそういうものなんだけどね。もしかして、その子、そんなに人間に似ているんなら……。誰かに似せてつくられたものかもしれない。昔、人間そっくりに人形をつくることが流行《はや》って、それは生き人形って呼ばれたんだ。その人形、誰かの身代わりでつくられたのかもしれないよ。そういう使命を負わされてつくられたのに、ご主人のほうが先に向こうへ行っちまったのかもしれない」

「それで、迷ってるのかしら」

ようこは急にあの子が哀れに、かわいそうに思えて来た。

「行くところがないのなら、置いてあげてもいい。どうせ、母さんたちには分からないんだから」

「名前を訊いてみたかい」

おばあちゃんが思いもかけないことを言ったので、ようこはきょとんとして、

「ううん、だって……」

名前なんかあるとは思わなかった。

「質《たち》の悪くない人形なら、訊かれたら名のるよ。試してごらん」

「分かった」

ようこは強くうなずいた。

気にかけていたことをひとしきり話したので、少し心が軽くなり、

「外で遊んで来る」

と、ようこは庭に出た。

おばあちゃんの庭はふつうの和風庭園というのではなく、なんだかごちゃごちゃいろんなものが生えて来ている。ぐるりと囲む生け垣にさえ、いろいろな植物が混じっている。その中にヒサカキがあって、冬場にはいつも黒い実をつける。まだそれが残っていた。

ようこはこの実を集めて、透き通ったガラス瓶に入れ、棒で突いて色水をつくるのが好きだ。それは、青みがかった美しい紫色で、水を加えると、更に美しく繊細な色になるので、ようこは晒《さら》しの白い布切れをおばあちゃんにせがみ、筆で絵を描《か》いたり、部分染めをしたりした。

「おばあちゃん、見て、見て、きれいでしょう」

青紫のグラデーションに染まった布を見せると、おばあちゃんは針仕事の手を止め、目を細めて、

「きれいだねえ。ようこは、夏は夏で、露草で似たようなことをするし、染物屋に向いているのかもしれないね」

「ソメモノってお仕事になるの？」

「ああ、反物《たんもの》や糸を染める仕事だよ。薬品を使って染めることが多いけれど、最近は昔のように植物染料で染めをする人も出て来たねえ」

「ショクブツセンリョウって、植物で、染めるの？」

ようこの目が輝いた。

「そうだよ。植物にはそれぞれの色があってさ、煎《せん》じたりなんかしてその色を出すんだよ」

「薔薇《ばら》は薔薇の色、椿《つばき》は椿の色ってこと？」

「見えている色がそのままその植物の色とは限らないんだよ」

そう言われて、ようこはすっかり考え込んでしまった。植物は、秘《ひそ》やかに誰にも見えない色を隠し持っているのだろうか。

まるで人形に詰まった思いのようだ、とようこは思った。

おばあちゃんは広縁《ひろえん》に座布団《ざぶとん》を持って来て、有職雛《ゆうそくびな》のぼろぼろになった扇子に通す紐《ひも》を組み始めた。眼鏡《めがね》をかけて手元を遠目に見ながら思い出したように、ようこ、と呼ぶ。ようこが返事をすると、

「柿《かき》の木の辺りに、すみれが咲いているだろう」

おばあちゃんに言われて、振り返って見ると、柿の木の周囲に点々とすみれの株が、三つ葉の芽吹きに混じって散らばっている。細い茎を長い首のように伸ばして、深い葡萄色《ぶどういろ》の優雅《ゆうが》な花をつけている。

「あったよ」

「少し摘んでおいで」

「分かった」

許されて花を摘むのはとても浮き浮きする。小さなすみれのブーケをこさえて、縁側でにこにこと待っていたおばあちゃんに渡した。

「雛壇に飾るの？」

「いんや。食べるのさ」

「え？」

ようこは目を丸くした。

夜、おばあちゃんは初物《はつもの》のえんどう豆を使って豆ご飯をつくった。それに塩をひとつまみ入れたお湯でさっとゆがいたすみれを散らすと、えんどうの緑と、ゆがいたすみれの濃い紫が、白いご飯に映えて鮮やかだ。

「すみれって食べられたのか。初めてだ、おばあちゃん」

「りかが好きなんだよ」

おばあちゃんは目を細めた。一人息子の啓介《けいすけ》が家を出、連れ合いも亡《な》くしてから、おばあちゃんはりかさんと二人、こうして雛の家のような食事をして暮らして来たのだろう。それにしても孫娘の所にやるとはいえ、よくりかさんを手放す気になったものだ。

ようこがそのことを言うと、

「だって、おまえがりかさんを要《い》り用《よう》だったじゃないか」

とほほえんで言った。

それは今になってみれば、ようこはどんなリカちゃん人形よりもこのりかさんのほうがいいに決まっている。

「でもあのときはリカちゃん人形が欲しくて……」

「ほらね、おまえが欲しいっていうのは相当のことだからね。ほんとに必要だったんだよ」

わけが分からなくなる。おばあちゃんの話しぶりは時間の流れをまったく無視しているかのようだ。

ようこはこの話を続けるのは諦《あきら》めて、

「人形があんなにおしゃべりだって知らなかったよ。でも、登美子ちゃんは幽霊が人形に取り憑《つ》いてしゃべったらどうする、なんて言うんだ」

「それは、死者の念が籠《こも》ることも確かにある。でも、人形の本当の使命は生きている人間の、強すぎる気持ちをとんとん整理してあげることにある。木々の葉っぱが夜の空気を露に返すようにね」

「そんなこと、どうやって」

「ほら、ノートに濃いサインペンで書いて、下の紙に移ることがあるだろう。濃い色の染めを薄い色のものといっしょに洗濯すると色が移ることがあるだろう。それと同じ。あんまり強すぎる思いは、その人の形からはみ出して、そばにいる気持ちの薄い人の形に移ることがある。それが人形」

おばあちゃんは雛壇《ひなだん》のほうに視線《しせん》をやって、

「気持ちは、あんまり激しいと、濁《にご》って行く。いいお人形は、吸い取り紙のように感情の濁りの部分だけを吸い取って行く。これは技術のいることだ。なんでも吸い取ればいいというわけではないから。いやな経験ばかりした、修練を積んでない人形は、持ち主の生気《せいき》まで吸い取りすぎてしまうし、濁りの部分だけ持ち主に残して、どうしようもない根性悪《こんじょうわる》にしてしまうこともあるし。だけど、このりかさんは、今までそりゃ正しく大事に扱われて来たから(人形の中には、正しくなく大事に扱われるものもある)、とても、気だてがいい」

りかさんは心なしか照れくさそうだ。

「でも、人形にそんな役割があるなんて知らなかった。知らなくて、いろんな人形と遊んでそのままどこかへやっちゃった。大事にとっておけばよかった」

ようこは心底《しんそこ》、後悔している。おばあちゃんはうなずいて、

「それはそれで、その人形たちは役目を終えたんだよ。人形遊びをしないで大きくなった女の子は、疳《かん》が強すぎて自分でも大変。積み重ねて来た、強すぎる思いが、

その女の人を蝕《むしば》んで行く」

「……はあっ……」

危ないところだった、とようこはこっそり胸を撫《な》で降ろす。

「べらべら話す人形が軽い人形とは限らないんだよ。奥に深いしこりがあって、それに触れられたくなさにどうでもいいものでくるくると煙《けむ》に巻き、たぶらかして行くのさ」

「そう言えば、よくしゃべったのもいたなあ」

——いたいた。

ようことりかさんはくすっと笑った。

「ところで今年の三月三日は、りかはようこの家に行っていたからよかったね」

おばあちゃんはいたずらっぽい目をしてりかさんを見た。りかさんは困った様子だ。

「三月三日って？」

ようこが不思議そうに訊《き》いた。

「いや、なにね、うちの雛壇には毎年三月三日には不思議な客があるんだよ。年とった幽霊がね、人形たちを愛《め》でに来るのさ」

「ひえー」

ようこは情けない声を出した。

「いや、全然怖いことはない、仙人みたいなじいさんだ。ただ、りかはあの人がどういうわけだか苦手でねえ」

――もういいです、麻子さん。

りかさんはばつが悪そうだった。

「真っ白な短い髪でね、なんとなく銀色の光があるんで、銀じいさんって呼んでるんだ、ねえ、りか」

――ええ。私はきらいなわけではないんだけれど……。

りかさんは少し憂《うれ》いのある顔だ。

「いや、そのうちようこも会うだろうから、そのとき驚かないように先に話しておこうと思ってさ」

「いやだなあ、会いたくないよ、りかさんですら、いやがってるのに」

―いやなわけではないの。

りかさんは慌《あわ》てて言った。

―悪い人ではないの、ようこちゃん、それはだいじょうぶ。麻子さんが尊敬しているぐらいだから。

「おばあちゃんが？」

ようこは驚いた。

「ああ」

おばあちゃんは真顔でうなずいた。

「尊敬に値する人だ。三月三日に来ていただけるのは、光栄なことだ。ようこにも今に分かる」

「ふうん」

ようこには、少くとも今は、なにがなんだか分からない。

「とにかく、それくらい、おばあちゃんちの雛壇はいいもんだってことなのかもね」

ようこはそう言って自分自身、納得しようとした。

たしかにおばあちゃんの家の雛壇は、さんざめく春の野のようだった。

デパートの、雛人形売り場のように、みんな同じ印象を与える大量生産ののっぺりとした雛壇ではなくて、しかもようこや登美子ちゃんのところのように互いの個性が敵対しあっているのでもなくて、さまざまな種類の草花が咲きみだれる春の野のようにそれぞれがそれぞれを謳歌《おうか》しているのだった。

つくしにくらら、蓬の芽吹き。あざみの芽吹きによめなの芽吹き。たちつぼすみれにおおいぬのふぐり。それぞれ個性のしっかりした人形たちが、ずらりと勢ぞろいして、まるでいろいろな緑や花の饗宴《きょうえん》だ。

「うちのお雛さまはさあ、ここのとは全然雰囲気が違うんだよね」

ようこはため息をついた。

おばあちゃんはほほえんだまま、なにも言わない。

「みんなざわざわして、不満ばっかし言ってるみたいなの」

「ようこはそれがつらいのかい」

おばあちゃんは視線をお湯飲みに移した。

「つらいっていうか、もう慣れたけど、うちのはこうなんだって思えばそれなりに親しみもわくけれど……」

ようこは黙り込んだ。

「けれど?」

おばあちゃんは先を促した。

「男雛《おびな》がさあ、可哀そうなんだよねえ」

「……どうして?」

「なんだかみんなに圧倒されているみたいで、つらそうなんだ」

「……そうか」

おばあちゃんは湯飲みを両手で持って、いつもよりゆっくりとした動作でお茶を飲んだ。それから立ち上がり、人形の修繕用の小裂《こぎれ》の箱を持って来た。

「人形の衣装《いしょう》もいろいろあってさ、なんでも繕えばいいってもんじゃなくて、一つひとつの装束《しょうぞく》の模様や仕立てがその人形の格を表している」

「カク?」

「そう。身分みたいなものかな。でも、ほら見てごらん、人さまの人形にケチをつけるつもりはないけれど、この女雛《めびな》」

おばあちゃんは、あずかって修繕中の女雛を取り出し、

「ようこはどう思う？」

その女雛は確かに緑や紅の綾錦《あやにしき》で彩られた豪華な打ち掛けを着付けられていた。だが、ようこはもうひとつ、好きになれない。今にもその皮肉に上げられた口角《こうかく》を歪《ゆが》めて、扇の陰でこそこそと意地悪なことを言いそうだ。

「うーん、そうだねえ、いやだね、はっきり言って」

おばあちゃんはうなずき、

「まだうちの官女のほうがいいと思うだろう」

それはそうだ、格段に違う。

だいたい、ようこは小さいころから女雛よりもむしろ官女のほうを好いていた。働く女のきりりとしたところが、座ってばかりの女雛よりもたいそうかっこよく思われたのだ。おばあちゃんのうちの官女たちは特に気品があって、しかもふっくらしたところもあり、ようこはうっとりする。

「でもね、やっぱり女雛と官女は、女雛のほうが格が上なんだよ」

「なんで」

ようこは憤慨したような声をあげた。

「そんなこと誰が決めたの。何と言うか、実力勝負じゃ、ぜったいおばあちゃんとこの官女が勝ってるのに」

「約束ごとみたいなものなんだよ。お雛さんはそういう枠組みの中でないと落ち着《つ》かないんだ」

「ふうん。私、それ、馬鹿々々《ばかばか》しいと思うなあ」

ようこは自分でもかなり挑戦的に言ったと思ったが、意外なことにおばあちゃんは嬉しそうに、

「ようこ、おばあちゃんもほんとはそう思うよ。あんな重っ苦しい衣装《いしょう》より、この官女の白い縮緬《ちりめん》と赤い袴《はかま》のほうがどれだけ軽やかか」

「ほんと、ほんと。潔《いさぎよ》いよね」

ようこは心から同意した。

「そうか、潔いか。ああ、嬉し。今日はいい日だ」

おばあちゃんはほんとうに嬉しかったのだろう、にっこりと目を閉《と》じてようこの言葉を反芻《はんすう》したあと、手を叩《たた》いて軽くはしゃいでみせた。

「ようこ、こういうの、価値観が同じ、って言うんだ。知ってるかい」

「聞いたことあるけど。はっきりとは知らない」

「そうか。価値観というのはね、簡単に言えばその人がどういうことをいちばん大事に思うかってこと。これは親兄弟でも違うことがある。ようこのお父さんと私は親子だけど、少し違った。ようこのおじいさんと私は、もっと違った」

「おじいちゃんは会ったことないから知らない。おじいちゃんはどういうことを大事にしていたの」

「肩書」

おばあちゃんは素《そ》っ気《け》なく言った。

「肩書？」

「まあ、雛さんの社会と似ているね。冠《かんむり》みたいなもんだ」

と言ってから、おばあちゃんははっとした顔をした。

「どうしたの、おばあちゃん」

ようこは怪訝《けげん》そうに訊いた。

「大事なことを思い出した。明日、おばあちゃんもようこといっしょに、ようこの家に行くよ」

「それはいいけど、ねえ、なんでそんな価値観の違う人と結婚したのよ」

「そりゃ、おまえ、価値観の同じ人と結婚したって、修行にはならないじゃないか」

おばあちゃんはすまして言った。

ようこはわけが分からない。おばあちゃんはおじいちゃんのことが好きじゃなかったんだろうか。

「おじいちゃんってどんな人だったの」

「いい人だったよ。ただ、男社会《おとこしゃかい》というのはね、どうしてもそういうものを大事に思うのさ。私には、さっきようこが言ったように馬鹿々々しく思えたこともあったけど、その枠組みの中がすべてのように思ってる人たちのことを、私はよく分からなかったんだね、その頃は」

「今の私みたいに?」

「そう」

「それで、おばあちゃんは今は分かるようになったの?」

「いろんな枠組みの世界が重なり合って、世の中が持ってるんだって、分かるようになった。一つぽしゃっても、他でなんとかなるもんだって。極端に違うものがあっても、全部合わせてそこそこ平均がバランスとれればいいんだって」

「よく分からないけど……」

と、ようこは眉間《みけん》にしわを寄せて考えながら言った。

「いろんなものがあった方がいいってこと？　一日三十品目食べる、みたいな……」

「そうそう」

おばあちゃんは笑った。

「そうか」

ようこは呟《つぶや》いて何気なく雛壇に目を遣《や》ると、今まで気づかなかったが、姉様《あねさま》人形のあるのが見えた。おばあちゃんの雛壇の中では系統が違う。登美子ちゃんの家にあったのと同じ、紙雛だ。

「登美子ちゃんのうちにも同じものがあったよ。あの、スクリーンのようなものにね、頭巾《ずきん》を、ほら、時代劇に出て来る女の人みたいな……」

「ああ、御高祖《おこそ》頭巾」

「そう言うの？　それをね、被った女の人が売って歩いているの」

「……ああ」

おばあちゃんは下を向いてうなずいた。

「あの紙雛は私が登美子ちゃんの家に差し上げたんだよ。私の祖母が昔こしらえてたんだよ。まだ日本が江戸から明治へ変わりたてのころ、国の中が収まりがつかなくてね、幾つかの小さな戦争があった。江戸城のね、無血開城って習ったかい？」

「まだだけど、歴史の本で読んだよ」

おばあちゃんはうなずいて、

「あれも形の上だけのこと。大きな変化があるときはね、決まっただけの血はどこかで流されなければならなかった、北や南で。いろんな人が亡《な》くなったけど、特に男の人が多勢亡くなった。残された女の人は皆大変だった。ことに上級の武家の奥方なんかは、それまで生活の糧《かて》を得るための知識も何も持ってなかったからねえ、青天《せいてん》の霹靂《へきれき》。しかたなく、それまで屋敷の奥で手慰《てなぐさ》みにこしらえていた手鞠《てまり》や姉様人形をつくって売ったの。それがおばあちゃんのおばあちゃんたちの時代。形見に伝えるお道具も何もなくなったって言って、祖母は母に、あれをつくって渡したそうだよ」

そうか、あのスクリーンの背景にはそんな出来事があったのか。

「歴史って、裏にいろんな人の思いが地層のように積もって行くんだねえ」

ようこはため息とともに呟いた。

「紙雛は、ほんとは毎年流すもの。だから、ほそぼそとはいえ売れもしたんだろう。私も業《ごう》が深くて流せずに来たけれど……」

「業って、水に流すの？」

おばあちゃんは笑った。

「水に流せたらいいね。そうだ、水に流さなくちゃいけないね」

次の日、おばあちゃんは言ったとおり、ようこを送ってようこの家まで来た。途中、ふと、ようこは、そう言えばおばあちゃんがうちに来るのはほんとに珍しいんじゃないかと気づいた。それを言うと、

「そうだね、初めてだね」

と、おばあちゃんはすまして応《こた》えた。

「ええー、そうだっけ」

「そうだよ。きっと待子《まちこ》さんびっくりするよ」

待子さんというのは、ようこの母さんの名前である。

案の定、母さんはびっくりした。単にびっくりしたというものではなく、本当に、口をあんぐり、という感じだった。驚いて声も出せない、という状態なので、ようこは思わず笑ってしまった。

が、つぎの瞬間、その笑い顔も止まった。なんと、母さんの驚いた目に、涙が浮かんで来たのだった。

「これからは、ちょくちょく寄らせてもらいますよ、手伝うことがあったら、何なりと遠慮せずに言ってくださいよ」

おばあちゃんが優しく母さんに声をかけると、母さんは、そんな、という手ぶりをしたが、笑っているのか泣いているのか分からなかった。

ようこは母さんの反応《はんのう》にびっくりしてしまって、冗談が言えなくなってしまった。

なぜ、母さんはおばあちゃんに会えてこんなに感激しているのだろう。ようこが一人でおばあちゃんちに行けるようになる前も、行けるようになってからも、母さんはしょっちゅう、おばあちゃんに会いに行っていたのに。

「ようこの雛さんを見せてくださいよ」

おばあちゃんはそう言って上がり込み、母さんはどうぞどうぞと道をあけた。

ようこはおばあちゃんを座敷に連れて行きながら、

「あー、びっくりした。まさか母さん、あんなに大げさに反応するとは思わなかったよ」

と、こっそり、りかさんにともおばあちゃんにともなく言った。

おばあちゃんは何も言わなかった。

ようこはそれを見て、まさかと思った。

まさか、もしかして、おばあちゃんも同じトーンの感動の中にいるのだろうか。

座敷の前に立つと、

「ここだよ。障子を開けるからね」

ようこはおばあちゃんに念を押した。いきなり背守《せもり》の君《きみ》を見て、腰を抜かされても困ると思ったのだ。まったく、大人は安心できない。何にどういう反応をするのか分からない。

背守の君は相変わらず向こうを向いたままで、座敷の隅に座っていた。もうすっかり部屋の雰囲気になじんでいて、ようこには違和感がないが、おばあちゃんはさすがにはっとしたようだった。

「ここに入ってね、五分ぐらい経《た》つとそのうち帰りたいの、って言いだすからね」

ようこがガイドさんのように説明した。

おばあちゃんはうなずいて、それから相変わらず騒々しい雛壇に目をやった。

「……なるほどねえ」

女雛《めびな》はまるで男雛《おびな》などいないかのようにしくしくと泣いているし、官女たちもそれぞれ別々の方向を見ていきりたち、あるいは恨《うら》み言《ごと》を呟き続け、五人囃子《ごにんばやし》はぴーひゃらどんどん互いに音を合わせようともしていない。

「ずっとこうなんだよ、りかさんが来る前もずっとこうだったんだろうね、おばあちゃん。私が気づいていなかっただけで」

――さあ、それが分からないとこなんです。

りかさんが呟いた。りかさんはときどき、ようこには分からない言葉を独り言のように呟く。

――

「よしよし」

おばあちゃんは巾着《きんちゃく》から小さくて黒いものを取り出し、男雛のところへ手を伸ばした。そして、

「長いこと、つらい思いをさせた。不徳の致すところだ。許しておくれ」

と囁《ささや》いた。

おばあちゃんが載《の》せたものは冠《かんむり》だった。

「ああ、うちの男雛、どこか違うって思ってたのは冠がなかったからなのね」

ようこは大きくうなずいた。

冠をつけた男雛は深い満足に包まれているようだった。

冠をつけたという自信なのだろうか、たちまち、眩《まぶ》しいような光を放ち始めた。

隣りの女雛は急にうっとりとした声で、

——うるわしのせのきみ。

と呟いた。

——あな、めでたや。

——あな、めでたや。

と、雛壇じゅうが歓喜の声をあげた。

新しい気配がさっと大きな旗のように翻《ひるが》えり、部屋の空気が一新した。

「冠ひとつでねえ」

おばあちゃんはこっそりと感に堪《た》えたように言った。

「馬鹿《ばか》にしたもんじゃないよねえ、やっぱり」

「でも、どうして、おばあちゃん、男雛《おびな》に冠がないことが分かったの」

「だって、あの男雛はおまえの父さんが私の家から持ち出して行ったんだもの」

「えー、うそ」

ようこは非難めいた声を出した。

「けどなんで、男雛だけ?」

「おまえの父さんと母さんは、合理的な人たちだから、今あるものに、欠けてる分の雛人形を集めればいいと思ったんだろう。それで、おまえの父さんは、ああ、あれなら家にあった、あれも一つ持って来る、とか言って、持ち出したのさ。一言《ひとこと》言ってくれれば、小道具もいろいろ出してやったのに。私も気がついてはいたんだけど……」

「父さん、なんで黙って持って行ったんだろう」

「あまり私に話をしたくなかったのさ、その頃。ここの家の養子になる、ならないで私ともめてたからね」

おばあちゃんは早口でさらっと言った。

「え?」

「おまえの父さんは一人息子だったんだよ」

ようこだってそんなことは知っている。

「それがなに? もしかしてあの雛たちの騒動と関係あるの?」

―あ、いいところ、つきました。

りかさんがわざとのように真面目《まじめ》に言った。妙に人間くさかった。

「だからね」

おばあちゃんは苦笑した。

そのとき、背守《せもり》の君《きみ》が微《かす》かに動いた。

――……帰りたいの。

「あ、始まった」

ようこはおばあちゃんの腕をつついた。

おばあちゃんはさっと改まってその場に正座した。

――……帰りたいの。帰りたいのに、帰れないの。背守がないと……。

背守の君はそう言って、いかにも小さい女の子がやるように小さな手を握りしめて涙をぬぐった。

「ほらね、おばあちゃん」

言ったとおりでしょ、と得意げに言おうとして、ようこはおばあちゃんの方を振り向き、またびっくり仰天した。

なんと、おばあちゃんまで、貰《もら》い泣きしているのだ。

まったく大人って、つぎの行動が予測不能だから、こちらの心の準備が付いて行かない。

ようこはつられてなんとなくしゅんとした。こういう急激な切り替えって、けっこうエネルギーが必要で疲れるのだ。

おばあちゃんは背守の君に向かって、

「申し訳ないことでございました」

深々とお辞儀した。

背守の君は泣きじゃくっていやいやをした。それを見ておばあちゃんはまた貰い泣きした。おばあちゃんの目の下の細かなしわの間に、涙が汗のように滲《にじ》んで行く。おばあちゃんはそれをハンカチで押さえる。

「分かんないなあ……。りかさん、どういうことだろう」

ようこはこっそりとりかさんに訊《き》いた。りかさんは、

—どうも、麻子《あさこ》さんは背守の君を知っているようですね。

と、これも小さな声で返事した。

それから母さんが「お茶が入りましたよ」と呼《よ》びに来て、三人でお茶を飲んだ。おばあちゃんは母さんに登美子ちゃんの家のことをいろいろと訊いて、母さんもちょうどあの一家のことが気がかりだったので、知っていることを熱心に話した。でも、登美子ちゃんのおばあさんが寝たきりになっていてお母さんも具合があまりよ

くなく、美子姉《よしこねえ》さんが帰って来ているという、ようこには耳新しくもない情報だったのでおもしろくなかったが、大人の会話に付いて行けているという自負があり、それはそれなりに満足した。

お茶が終わると、ようこはバス停までおばあちゃんを見送ると言い出し、母さんが「私も……」とそわそわするのを、おばあちゃんは、

「そんなに気を使ってもらったら、また来にくくなるから」

と、やんわり断った。

それで、母さんは玄関でようこたちを見送った。母さんは少し疲れたようだったが、幸せそうだった。

二人きりになるとようこは早速、

「ねえ、おばあちゃん、ほら、さっきの続き」

と、おばあちゃんを急《せ》かした。

「はて」

おばあちゃんはとぼけた。

「もう。背守の君がスイッチオンになる前、私が聞いてたことよ。うちの父さんが

一人息子でって話」

「ああ」

　おばあちゃんはまた同じような苦笑を繰り返して、

「あの冠をすぐ届けてやらなかったのは、自分でも気づかなかったが、どうやら私の問題だったんだよ、まったくもう情けないね、我ながら」

　そう言われても、ようこにはわけが分からない。

「でも、黙って勝手に男雛《おびな》をもって行ったのは父さんでしょう。悪いのは父さんなんじゃない」

「それはそう。当時は私もそう思ってたんだ」

　おばあちゃんは見えて来たバス停の方を気にしながら、

「でも父さんには父さんの理屈があるんだよ。人間って長く生きてると、ああいう冠みたいなものを置き違えてそのままにしてたりすることもたくさんあるけど……。そう、あの背守も、元に戻してやらなきゃ」

　最後のほうは独り言のようだった。そうだ、背守のことだ。

「おばあちゃん、あの背守の君のこと知ってたの」

ようこは慌《あわ》てて訊いた。

「たぶんね」

おばあちゃんにしては、はっきりしない返事だ。

「ようこは聞きたいんだろう。たぶん、りかも」

「あったりまえじゃない」

―聞きたい。

ようことりかさんは口を揃《そろ》える。

「ちょっと待っておいで。少し時間がかかる。大事の仕事の前には人にしゃべらずにいるのがいいんだよ」

「ふうん。でもいつか話してね」

「もちろんだよ」

おばあちゃんはなだめるように優しく言った。

「年をとってありがたいのは、若いころ見えなかったことがようやく見えるようになることだ」

バス停のベンチに座りながら、おばあちゃんがため息混《ま》じりに言うと、ようこは

隣りにちょこんと座って、

「それ、若気の至りってこと?」

「ようこ、難しいこと知ってるね」

おばあちゃんは冗談っぽく目を丸くした。ようこはおばあちゃんから目をそらして、バスの来る方向を見た。

「ねえ、おばあちゃん」

「なんだい」

「……おばあちゃん、父さんと母さんの結婚に反対だったの」

バスはまだ来ない。

「……そうだねえ」

おばあちゃんも同じ方向を見た。バスはまだ来ない。

「待子《まちこ》さんのことは好きだったんだよ。最初から。でも、おまえの父さんっていうのは変わった子でね。やっぱりおばあちゃんも父さんも若気の至りだったんだね。傍《はた》からは反対しているように見えただろうね。でも、これがいちばんいいことだったよ」

「……ほんと?」

「ああ」

おばあちゃんは力を込めて言った。

「こんなかわいい、こんないい子が生まれて。これがいちばんいいことだった」

ようこは少し赤くなって、おばあちゃんとの間に座らせていたりかさんを膝《ひざ》に載せた。

「りかさんもね、世界中のどのリカちゃん人形よりもいちばんいいりかさんだよ」

と、照《て》れ隠しのように呟いた。

―でも、最初はそうじゃなかったね。

と、りかさんがいたずらっぽく言った。

「若気の至りだよ」

ようこが慌《あわ》てて弁解して、おばあちゃんは吹き出し、りかさんも笑った。

青になった信号の向こうから、ぴかぴかのバスがやって来た。

アビゲイルの巻

おばあちゃんが初めてようこの家を訪れた日から、一週間がたった。

背守《せもり》の君《きみ》は、相変わらず座敷童子《ざしきわらし》として逗留《とうりゅう》していたが、おばあちゃんが来た日から少し悲壮感《ひそうかん》がなくなったような気がする。雛人形《ひなにんぎょう》たちもすっかり穏やかになった。とくに、女雛《めびな》と男雛《おびな》はほのぼのとしていい雰囲気だ。

——冠《かんむり》、侮《あなど》るべからず。

りかさんはおもしろそうに呟《つぶや》く。

「冠って、つまり身分ってことでしょ」

どうもこの辺がようこには納得が行かない。

「なんでそんなものがこんなに影響力もつのかなあ」

——そんなものだから、重きをおくこともないし、でも軽んじることもないんでしよう。

「わっかんない」

—実は私も、よくは。

りかさんはこそっと打ち明けた。なあんだ、とようこが言おうとしたら、

——帰りたいのよう。

と、背守の君がふくれっつらで訴《うった》える。

「そうだね、もう少し待っててね」

ようこも今では気軽に受け答えする。会話が長続きするわけではない。ただ、背守の君が一方的に帰りたいと訴えるだけで、ようこは時々合いの手を入れるようになだめたり、めんどうくさいときは無視する。

人形たちの相手は植物の水やりに似ている、とようこは思う。もちろん、りかさんは別だけれど。

「ようこ、帰ってるの?」

母さんの呼ぶ声がする。

「はあい」

と返事をすると、ぱたぱたと早足で近づいて来る音がして障子がざっと開いた。

「さっき登美子《とみこ》ちゃんから電話があってね、この間はたいして遊べなかったからまたいらっしゃいませんかって」

「本当？　でも、登美子ちゃんのおばあちゃんはもういいのかなあ」

「やっぱりずっと寝てらっしゃるんですって。でもこの一週間は、それなりに安定して来たんですって」

「ああ、そう。じゃあ、行こうかな」

ようこは心持ち大きな声で言ってみる。もしかしたら背守の君もいっしょについて来てくれるかもしれない。

玄関へ行って運動靴をつっかけ、とんとん、と片足ずつ爪先を軽く三和土《たたき》で跳《は》ねさせる。

片手でりかさんを抱き、

「行って来まあす」

と、奥に声をかけながらがらがらと戸を開けた。

「まだ寒いからね、ジャンパーかなにか、羽織ったでしょうねえ」

と、母さんの声が遠くからかえって来る。

「はあい、あ、まだだ」

と応《こた》えると、しばらくして母さんが片手にジャンパーを持って小走りでやって来た。

「ほら、もう」

母さんは赤ん坊を抱くように、りかさんを楽しんで両手で抱いていた。ようこが抱えているりかさんを母さんにあずけて、ジャンパーを受け取る。

ジャンパーに腕を通しながらなにげなくそれに目をやっていると、

……あれ……。

目の錯覚だろうか、りかさんの頭からにょきにょきと角が生え始めた。りかさんはむずかっているような変な顔つきだ。

ようこが思わず自分の動きを止めてそれに見入っていると、角はどんどん伸びていく。まるで般若《はんにゃ》の角だ。

……どうしよう、りかさんが般若になる。

りかさんは神妙な顔つきだ。そしてあるところで角はぴたっと止まり、それからだんだん白く、やわらかそうになり、ふわふわして毛が全体に生えてきたと思ったら平べったくなり、内側が淡い桃色になった。

……ウサギの耳だあ。

ようこがそう思ったとたん、耳はりかさんの頭からすっぽり、ぴょーんと飛び上がり、それから両耳仲よくぴょんぴょん跳ねて玄関を出て行った。

ようこが呆然《ぼうぜん》と見送っていると、

「ほら、なにぼんやりしているの」

母さんの声がして、はっとふりむくと、りかさんは元のりかさんで、母さんがこちらに差し出している。慌《あわ》てて受け取ると、

「じゃあ、登美子ちゃんの家の人によろしくね」

と言われて、思わず、

「行って来ます」

と、狐《きつね》につままれたような顔をして家を出た。

「りかさん、今のなに、びっくりしたあ」

家を出るとすぐ、ようこは小声でりかさんに訊《き》いた。

—大人の女の人に抱かれると、時々あんなふうになる。前は角が生えたままで重

かったりしたけど、私、ああやって角を去らせる方法を開発したのです。

りかさんはちょっと、誇らしげだ。

「ふうん、りかさん、すごいよ」

ようこは感心する。それから背守の君のことを思い出した。

「そうだ、りかさん、背守の君、ついて来ている?」

—いません。

あっさり応える。

「なあんだ」

がっかりする。

今日は別の門から入った。

蔵の前に大きな敷物を敷いて、登美子ちゃんが色とりどりの手鞠《てまり》を並べていた。小さいものはピンポン玉ぐらいから、大きいのはドッジボールぐらいのまで。

「登美子ちゃん、それ、すごいねえ」

ようこが声をかけると、

「ああ、ようこちゃん、りかさんといっしょに来てくれたの」

登美子ちゃんは振り返りしな、伸び上がるようにして日溜りの中からこちらを見て笑った。

「上がらせてね」

ようこは駆け寄って声をかけると靴を脱ぎ、敷物の外へきちんと並べた。

登美子ちゃんが、少しわきに寄ってくれた、その横へちょこんと座り、

「これ、きれいねえ」

手近な一つを取ってよく見ると、ヒサ、と縫い取りがしてある。

「ヒサ、ってかいてあるよ」

登美子ちゃんはどれどれ、という感じで顔を近づけて来て、

「ああ、これはきっと、亡《な》くなった比佐子《ひさこ》おばさんのだ。おばさんはこういうのが好きだったから」

「おばさん？」

「うん、おばさんって言っても、お父さんのずっと上のお姉さんで、戦争中に亡くなったんだって。だから、お父さんはほとんど覚えていないって言ってた」

「登美子ちゃん、それにしてはよく知ってるねえ。美子《よしこ》姉《ねえ》さんから聞いたの？」

「ううん。美子姉さんは、お父さんのずっと年下の妹だから、もっと知らないよ。今寝ているおばあちゃんから聞いたの。ちょうど、今の私たちの年ぐらいに死んだんだって」

「……ふうん」

ようこには、死ぬっていうことがよく分からない。分からないから、ブラックホールが遠くから近づいて来るような恐怖がある。でも、そのブラックホールがやって来るのはもっと先だと思っていた。今の自分の年で死んでしまう子どもがいるなんて。そういうことがあるということは知っていたけれど、身近でそんな話を聞くのはこれが初めてだった。

「これ、その比佐子おばさんがつくったの？」

「たぶん。お蔵の中で見つけたの。箱にいっぱい入ってたよ」

「登美子ちゃんのおうちの蔵は宝の山だね」

ようこはそう言って庭先にある蔵に目をやった。

「がらくたも多いけどね」

登美子ちゃんはくすっと笑い、舌を出した。

「そうだ、登美子ちゃんのところ、このくらいの大きさの人形、ない？」

ようこは両手を大きくひろげる。

「さあ……。お人形はだいたい、今の時期はお座敷に飾ってあるけど……。そんな大きいのがあったかなあ」

登美子ちゃんは首をひねる。

「お蔵にしまい忘れてるとか」

「うーん」

そのとき少し、太陽に雲が差した。手鞠を持つ登美子ちゃんの手元がみるみる翳《かげ》って行く。二人、無言で空を仰ぐ。

雲が流れて行く。薄いところや厚いところがあって、太陽の輪郭がぼんやり分かったり、隠れたりする。二人とも空を見上げたまま、

「お座敷に移ろうか」

「そうだねえ」

立ち上がり、スカートをぱんぱんっと払う。汚れてはいないが、外で座ったときの癖になっている。ようこは片手にりかさん、もう一方の手で大きい手鞠を持つ。

登美子ちゃんもできるだけ両手で持って母屋《おもや》の縁側に運ぶ。

二人で敷物の両端を持ってたたむと、家の中に入った。

「手鞠でボウリングしようか」

「あ、おもしろそう。でも、ピンはどうするの」

「あれはどうだろう」

登美子ちゃんは大胆にも立ち姿の三人官女たちを指す。

「でも、台座がしっかりしているから、簡単には倒れないかもよ」

「外しちゃえば？」

「……そんなことしていいの？」

「あとで戻しておけばかまわないよ」

登美子ちゃんは簡単に言ったが、ようこは少し不安だ。

登美子ちゃんは屈託なく立ち雛の官女の一人を脇《わき》に抱えて、力任せに台座を抜き取ろうとする。しばらく力む。が、抜けない。

「だめだ」

登美子ちゃんは、ほうっとため息をつき、台座をようこに渡す。

「ようこちゃん、やってみて」

ようこは戸惑う。

「……いいのかなあ」

「いいって、いいいって」

登美子ちゃんは太っ腹だ。

—だいじょうぶ、ようこちゃん、やってごらん。

りかさんもそっと囁《ささや》く。それでようやく決心がついて、
と力を入れる。が、拍子抜けするほど簡単にそれは抜けた。ようこは呆然《ぼうぜん》としてい
る。登美子ちゃんはびっくりして、

「えいっ」

「すごい、ようこちゃん、アーサー王みたい」

抜いた官女は、ぶわぶわとまたおかしな気配をみせ、実体と遊離していくようす
だ。とうとう離れた、と思ったら、ぽんっとようこの腕を蹴《け》るようにしてジャンプ
し、畳に着地した。

……おわ……。

と、ようこはどきどきするが、登美子ちゃんはやはり気づいていないらしい。畳に降り立った官女はすごい勢いで部屋じゅうを走り始めた。

「ようこちゃん、それ、ここに立ててみて」

登美子ちゃんが部屋の隅を指さす。ようこは言われるまま、腕に残った抜け殻の方の官女をそこに立たせた。が、うまく立たない。

「貸して」

と、登美子ちゃんは官女の袴《はかま》をつぶして安定を保とうとした。そのかいあって、なんとか抜け殻の官女は自力で立った。

「じゃ、つぎ、これいこうか」

そう言って登美子ちゃんは次から次、ようこに官女を渡し、ようこは次からつぎ台座を引き抜き、次からつぎ実体を離れた官女が走りまわり、次からつぎ登美子ちゃんは抜け殻官女を力任せに立てた。

九体の抜け殻が立ったときは、九人の官女が走り回っていた。

「やったね」

心持ち鼻の穴をふくらませて、登美子ちゃんは満足そうだ。

「あと一つだ」

　と言っても、立ち姿の官女はそれで全部で、あとの官女は座っている。

「あれは？」

　登美子ちゃんが指したのは、瓜実顔《うりざねがお》におちょぼ口はなるほど官女たちの顔立ちによく似ている、振袖《ふりそで》に赤い帯をつけた人形だ。桃割れの日本髪に結って座っている。

　官女よりは大振りだけれど、座ると高さは同じようなもの。

「いちばん前のピンにするんでしょ。うまく倒れるかなあ」

　ようこは首をひねった。安定感が良すぎる。

「やってみよう」

　登美子ちゃんはずんずん歩いて両手でその人形を抱えて来た。走り回っていた官女たちがその周りにまとわりつき、

　――推参しごく。推参しごく。

と、ぷんぷん腹を立てるもの、

　――狼藉者《ろうぜきもの》じゃ、出あえ出あえ。

と、あおるもの、

——それには及びますまいと存じます。

と澄まし顔で進言するもの、にぎやかなことこの上ない。

が、もちろん登美子ちゃんの耳には入らないから、登美子ちゃんは一つの目的に向かってずんずん行動に移して行く。そしてとうとう、

「じゃ、私から行くよ」

と、大きく構えて先頭の日本髪に思いきり手鞠《てまり》を当てた。ようこは思わず息をのんだ。日本髪はころころと転がり、しばらく動かずに（もちろんのことだが）いた。

急にしんと水を打ったように静かになった官女たちが見守る中、日本髪の輪郭がむずむずと二重写しのようにだぶって来た。そしてそのだぶった方の線で構成されている顔が、だんだん憤懣《ふんまん》やる方ないという表情になり、いきなり、

——おうおう、聞いておくれでないかい。あたしのあるじはながいとしつき、あねいもうとのようにあたしをいつくしんでくれた。そのあるじのとつぎさきまでついて行ったに、そこのしゅうとがあろうことかこのあたしを、このあたしを、
顔を赤紫に染めて、悔しさを満面に表す。

——あるじからひきはなし、こんなところにほうちくしおった。あるじがちょっ

とのるすのまに。さてもあるじのいたわしさ。

そしておいおいと泣く。つられて官女たちもおいおいと泣く。同調しやすい質《たち》なのだろう。

ようこは日本髪の言っている意味はよく分からないが、抱《いだ》いている悲しみや恨みがひしひしと伝わって来た。りかさんは、

—この人形は、なんだか無理やりここへ連れて来られたみたい。

と呟《つぶや》く。ようこはもう、ボウリングごっこなんて続ける気になれなかった。

「登美子ちゃん、このお人形ね、泣いてるよ」

と、登美子ちゃんに訴えた。

「そんなに痛くしてないよ」

登美子ちゃんは少し赤くなって抗議する。それから、つかつかと日本髪のところへ寄り、抱きかかえた。

「痛くないよね。泣いていないよね」

登美子ちゃんは日本髪の顔を覗《のぞ》きこみ、話しかける。

——これがなかいでか。

日本髪はますます声を張り上げる。ようこは、

「これが泣かずにおけるものか、って言ってる。でも、それは登美子ちゃんがいじめたからじゃなくてえ」

「いじめてなんかいないよ。遊んだんだよ」

登美子ちゃんはムキになる。

「だから遊んだからじゃなくてえ、このお人形自身に悩みがあるからみたいなの」

「へえ」

登美子ちゃんの目が輝く。

「どんな悩み？」

「ううんと」

なんと言ったらいいものか。

「このお人形ねえ、なんだか無理やりここに連れて来られたみたいなの。大事な人と引き離されて」

「うっそ」

登美子ちゃんは半信半疑だ。ようこは小声で、

「どうしよう、りかさん」

—成り行きにまかせましょう。正直に言えばいい。

りかさんは涼しい顔だ。その様子を不審に思った登美子ちゃんは、

「なあに、なに言ってるの？」

「りかさんと相談したのよ」

ようこは素直に言う。もともと、うそを言うのが苦手な質《たち》だ。

「それでなんて言った？」

登美子ちゃんは興味津々《きようみしんしん》といった感じで訊いて来た。

「成り行きがいい、って」

「成り行きって？」

「……成って、行くんだろう……」

「なんだ、ようこちゃんもよく分かんないんじゃない。分かんない言葉を使うなんて、だめだよ」

「でも、そしたら言葉はいつまでも分かんないままじゃない」

ようこは赤くなって抗議する。

「分かった、って思ったときに使えばいいんだよ」

「分かったって思ったんだけど……」

「分かってなかったって分かったわけだ」

「でも、この人形は、ここに来たくなかったのに無理やり連れて来られたんだ」

「じゃあ、お母さんのところへ行って訊《き》いてみよう」

登美子ちゃんは目的に向かってずんずん歩きだす。慌ててようこも後を追う。

登美子ちゃんのうちはおばあちゃんが寝ついているうえに、お母さんまで寝たり起きたりの状態なので、美子《よしこ》姉《ねえ》さんという叔母《おば》さんが手伝いに来ている。

今、お母さんは少しかげんがいいようだ。布団《ふとん》の上で上体を起こし、ふわふわのピンクのカーディガンを肩からかけて美子姉さんと話をしていた。登美子ちゃんが障子を開けると二人でこちらを見た。

「どうしたの、おやつ？」

「ようこちゃん、いらしたの」

登美子ちゃんのお母さんの声がしているが、覗くのも悪いような気がして、ようこは障子のこちら側から、

「お邪魔しています」

とあいさつした。

「いつも遊んでくれてありがとうね、ようこちゃん」

と、お母さんも障子の向こうから声をかえす。

「うちのお人形は全部おじいちゃんが集めたの？」

登美子ちゃんは、お母さんにとも美子姉さんにともなく、訊く。

「確かにねえ、亡くなったおじいちゃんはどういうわけだかああいうものがお好きで、大きな蔵のある親戚《しんせき》には、ひととおり声をかけていたようねえ」

「そのとき、無理やりもらって来たってことはないよねえ」

「それはない」

美子姉さんは少しむっとしたように口を結んだ。

ほらね、と言うように登美子ちゃんはようこを見た。ようこは、でも、と言うように未練ありげに座敷のほうを見て、登美子ちゃんに目で訴える。登美子ちゃんはそれを受けて、

「ほら、今お座敷に、官女さまみたいなお顔の、日本髪に結っているお人形あるで

しょ、赤い帯した……」

「ああ、三つ折れの衣装《いしょう》人形ね」

美子姉さんはすぐに分かった様子である。小さいころから見慣れていたのだろう。

「あれはどうしたの」

「あれはねえ……。ああ、あれはたしか、S市の井之川《いのかわ》さんって親戚のところからもらって来たのよ。夜遅く、おじいちゃんが嬉しそうに帰って来たのを覚えているわ」

やっぱり、と言うように登美子ちゃんとようこは目配せし、

「じゃあ、もうちょっと遊んで来るね」

「失礼します」

と二人立ち上がり、ばたばたと座敷へ駆けて行った。

それを見送った美子姉さんは、登美子ちゃんのお母さんに向かって、

「でも、そのときおじいちゃんね、ほんとは初枝《はつえ》さん、これを渡したくなかったんじゃないかなあ、向こうの勧めるままにいただいて来てしまったけど、って言ってた。まあ、お嫁さんの名前まで私、覚えてるなんて」

「初枝さん？　それがそのお人形の持ち主の名前なの？」

「そうらしい」

「それはまあ、かわいそうなこと。お返しした方がいいんではないの」

お母さんは眉《まゆ》をひそめた。

「お舅《しゅうと》さん、お姑《しゅうとめ》さんの命令ならしかたなかったんでしょう」

二人ともしばらく黙り込んだ。

お母さんはいろいろ思い出したのか、

「あのいちばん大きい享保雛《きょうほうびな》も、去年Y島の旧家から送られて来たの。もうおじいちゃんも亡くなっているのに……。でもご厚意が感じられて断りきれなかった」

「ああ、あれがそうだったの」

と言いつつ、美子姉さんの瞳《ひとみ》が急に輝いた。小さいころの記憶と合致したのだろう。

「そうそう、あそこは紬《つむぎ》を扱っているお宅で……。昔、うちのおじいちゃんがその享保雛の噂《うわさ》を聞いてぜひ、と言っていたんだけれど、そのときはなかなかいい返事がいただけなかったの。もともとは井之川さんの家にあったもので、娘さんの嫁入り先に順々ついて行ってるうちに島へ行ったんだそうだけど。向こうさんだって、家宝みたいなものだし……。どうしてまた急に？」

「それが、そこの奥さんが先年お亡くなりになって——奥さんと言っても、うちのおばあちゃんと同じくらいのお年だそうだけれど——娘さんもお嫁に行かれて、跡を継いでいた息子さん夫婦が、いろいろ処分していたときに、この享保雛を欲しがっているところがあったのを思い出したのね、それでわざわざ送ってくださったのよ」

「そうだったの」

なるほど、大振りのその雛は一体で段ボール箱まる一つ分は占領するだろう。興味のない人には場所ふさぎ以外のなにものでもないに違いない。美子姉さんは、

「でもきっと高額なものではあるし、この家もこれからどうなるか分からないから」

ここでちらりと登美子ちゃんのお母さんを見た。お母さんはうつむいていた。

「人形たちが散りぢりになるようなときが来たら、ちゃんと島へ送り返してあげましょう」

―あなた、帰りたい？

りかさんが日本髪に訊く。

――かえりたいと言ってかえれるものでなし。なくなくといえど、あるじもしょうちでここへ来たものを。

日本髪、ちんと鼻をかむ。

「帰りたいけど帰るわけには行かないんだって。きっと、登美子ちゃんのおじいさんがもらって来たとき、人間の知らない、つらい別れがあったんだよ」

ようこが登美子ちゃんに説明する。

「かわいそうだね」

登美子ちゃんは今度はいたく同情する。

登美子ちゃんも入り込みやすいタイプだ。

「ボウリングより、こっちの方がおもしろいよ。ようこちゃんっておもしろい人だね。で、りかちゃんは？　ようこちゃんのりかちゃんはなんて言ってるの？」

ようこもだんだん「本当」と「ごっこ」の境がつかなくなり、ええい、と勢いづけて、

「実はねえ。このりかさんこそが、すごい超能力者なのです。人形たちも、りかさんにはいろんなことをしゃべりだすのよ。同じ人形どうしだからねえ。りかさんは人形だけれど人間にとても近くて、テレパシーで私にいろいろ教えてくれるの」

「ふーん」

登美子ちゃんの顔が、少し、半信半疑になって来た。ようこは思わず小声でりかさんに、

……まずかったかなあ、りかさん。

―いい、いい、もうしようがない。

りかさんはあきらめた口調で言った。登美子ちゃんは急に、

「私のリカちゃんだってね、夜になってみんな眠ったあとで歩きまわってるんだよ、すごいでしょう」

と、熱心にしゃべりだした。目に妙な力が入っている。

「リカちゃんハウスにしまってたはずなのにね、朝になったら廊下に落ちていたんだ。秘密だよ。きっと夜中に歩き回って戻れなくなったんだよ、ぜったい」

ようこは目を丸くした。

「リカちゃん真夜中の大冒険か。登美子ちゃんのうちは迷路みたいなとこあるから、楽しかっただろうね」

「そう。で、夜明けまでに元の場所に戻らないといけないのに、それがどうしてもできなくてあせってさ、朝私に見つけられて思わず落ちているふりしたのよね。私もなにげなく拾って、元の場所に戻しといたの。でも、事情はなんとなく察したんだ。気づかないふりしたけどね。私が気づいてると知ったら、リカちゃんももう人形のふりをしてくれなくなっちゃうんじゃないかと思って」

本気なのかごっこなのか分からない、ここが登美子ちゃんのすごいところだ、とようこはあっけにとられて登美子ちゃんを見つめていた。登美子ちゃんは、

「それからだよ、みんな、世の中のものみんな、ふりしてるだけなのかなあって思い始めたの」

それから登美子ちゃんはしばらく黙った。ようこは、

「でも、そう考えると、ちょっと、ねえ。ふりをやめたらどうなるんだろう。登美子ちゃんのリカちゃんがリカちゃんのふりをやめたら……」

登美子ちゃんは、

「それなんだよ。でもそれもリカちゃんのうちだと思ってさ。バリエーションってものだよね」

と明るく言った。ようこもほっとした。

「でも、それ、おもしろいね。鉛筆削りは鉛筆削りのふり。テーブルはテーブルのふり。椅子《いす》は椅子のふり。松の木は松の木のふり。石は石のふり。枕《まくら》は枕のふり」

「そうそう、ご飯はご飯のふり。私は私のふり。お母さんは……」

登美子ちゃんはまた黙ってしまった。

—ようこちゃん、官女たちが……。

りかさんがようこに声をかけた。見ると元気いっぱいの官女たちが、雛壇《ひなだん》に上がって飲めや歌えの無礼講をやっている。つられてほかの人形たち、この間ようこの前に出て来た人形たちも最初は怖《おそ》る怖《おそ》る、次第に大胆に、供えられた白酒や菱餅《ひしもち》に手を出す。でも、りかさんの食事といっしょで実際の量は変わらない。ただ、それの気配だけ、いただいて行くのだ。

皆がそうやって浮かれている中で、海水を入れた桶《おけ》を天秤《てんびん》でかついでいる汐汲《しおくみ》だけが、静止したままぴくりとも動かなかった。ぞわぞわうごめいている周囲から、そのぴたりと静かな汐汲は奇妙に浮いていた。汐汲は本来、海の水を運ぶ動きの形をしている人形なのだが……。

―あれ……。

りかさんがそれに気づいてなにか言おうとしたとき、雛壇の反対側で、

――このいえのいちばんのひめを、

この家のいちばんの姫を、

と、日本髪が急に声をあげたので皆いっせいにそちらに耳をそばだてる。

――かわりにいただくぞ。

酔った日本髪は高らかに宣言する。

声音《こわね》の響きが、あきらかに今までとは違っていて硬く鋭く、空気に刻印するようだった。

まわりの人形たちが一瞬、鳴りをひそめた。

日本髪はそれで気がすんだとでも言うようにしゅーっと気配をなくして行き、小さくまとまった。

なにか重大なことが決まったらしい。けれど、もちろんようこにはなにがなんだ

か分からない。

……この家のいちばんの姫って、あのお雛さまのこと？

小さく、りかさんに訊《き》いてみる。

―人形とはかぎりませんよ。

りかさんは深く思いに沈んでいるようだ。

「どうしたの、ようこちゃん」

登美子ちゃんが心配そうに声をかける。

「なんでもない」

ようこが慌《あわ》てて応《こた》えると、りかさんが、

―汐汲のこと、訊いてみて。

けっこういそがしい。

「登美子ちゃん、あの汐汲、誰のだったか知ってる？」

「汐汲？　知らない」

登美子ちゃんの顔が真面目《まじめ》になった。

「今度は汐汲がなにか言ってるの？」

なにも言わないのだ。

「そうじゃないんだけど……。なんだか気になって」

「あたし、汐汲の夢、見たことある」

ようこはその続きを待ったが、登美子ちゃんはそれ以上しゃべらず、

「汐汲がなにか言っても、あたしに言わなくていいよ」

と呟《つぶや》いた。そして、

「ジュース持って来る」

と、台所のほうへ走って行った。

――ようこちゃん、私、今夜一晩ここにいるわ。

りかさんがそっと呟いた。ようこは、びっくりして、

……どうして。

――その方がいいように思うからよ。ほら、あの「汐汲」が私にはどうにも気になってしかたがない。あの、「汐汲」の話を聞いてやれば、登美子ちゃんのお母さんもよくなるかもしれない。

……分かったわ。じゃあ、私、わざと隅っこにりかさんを忘れて行くわね。でも

晩ご飯はどうするの。

——一晩ぐらい、なんてことないわ。ようこちゃん、もし、なにかあったら「りかさん」って大声で叫ぶのよ。


……分かった。

ようこは神妙にうなずいた。両手にジュースを持って戻って来た登美子ちゃんに、

「登美子ちゃん、私、もう帰る」

「え、そう？」

登美子ちゃんはジュースをテーブルに置いて、それから片方の頰《ほお》に手をやり、うつむいた。ちょっと悲しかったりつらかったりしたときの登美子ちゃんの癖だ。それを見ていたら、ようこはなんだか登美子ちゃんがとても可哀そうになって来た。理由はよく分からないけれど登美子ちゃんは今とても寂しいのだ、きっと。

「ようこちゃん、また来てくれる？」

「……いいけど。登美子ちゃんのとこ、お母さんも大変なのにそんなに毎日来ていいの？　うちにもおいでよ」

「ありがと。またお母さんに訊いておく」

登美子ちゃんは玄関のところまでついて来て、手を振った。

「ばいばい」

「ばいばい」

しゃべりながら別れたので、登美子ちゃんはようこがりかさんを持っていないとは気づいていないようだった。

登美子ちゃんの家を出ると、夕方の少し湿った風が吹いた。

……今日の晩ご飯はなんだろう、そうだ、朝、母さんはユキノシタが茂りすぎたから今日は天ぷらを揚げようと言っていた。いくらなんでもユキノシタだけじゃないだろう、私の好きなおいもの短冊《たんざく》に切ったのも揚げてくれるだろう、早く帰ってお手伝いしながら揚げ立てをもらおう……。

そう考えると急におなかがすいて来た。気のせいか、吹く風にどこかの家の夕飯《ゆうはん》の揚げ物のにおいが混じっている気がする。

角を曲がったとき、急に左肘《ひだりひじ》が重くなっている感じがした。思わず右手で触ろうとすると、枯れ枝のような感触があったのでぎょっとして慌《あわ》てて引っ込めた。

見ると地面から生えて来たような背の低い老婆《ろうば》が、すがるようにようこに手を伸ばしていた。

ようこの体は瞬間的に固ったように動かない。

しわだらけの老婆の皮膚は木の幹のようにこわばって見え、たるんだ瞼《まぶた》の間から白く濁った目玉がわずかに覗いていた。

最初のショックが去って、ようこが腕を振りほどこうとすると、老婆の指は突然、鉄条網のように肘に食い込んで来た。痛かったが驚きのあまり悲鳴も出ない。

老婆はなにを要求するでもなく、とにかくようこをそこに縛りつけておきたいとみえ、それからようこが何度逃げだそうと試みても同じようなことが起こった。

恐怖がじわじわと湧《わ》いて来る。

夕闇《ゆうやみ》が辻《つじ》の向こうからそろそろと近づいて来る。肌に冷たい風がその方角から吹いて来る。

家路《いえじ》を急ぐ何人かの人たちがようこの傍《かたわ》らを通り過ぎて行ったが、誰もようこの窮状《きゅうじょう》に気がつかない。ようこと、ようこにつながっている老婆の間で起こっていることは、心の中で起こっていることのように、外側からは見えないのだろうか。

声を上げなければ、と思う。

でも、こののどかな春の夕暮れに裂け目を入れるような勇気が出ない。自分ももう老婆はまるで大昔からそこにそうしていたようにびくとも動かない。

一生、ここから動けないのだろうか。

のどの奥から熱いものがこみあげて来る。

そこへ辻《つじ》の向こうから、豊かな白い髪を上品に結ったおばあさんが明るい鶯《うぐいす》色《いろ》の着物を着てにこにこしながらやって来た。通り過ぎざま、

「おや、まあ。そういう質《たち》の、お子なんだねえ」

と言った。

意味が分からず、でも、自分のことを少しは分かってもらえたような気がして、ようこは声は出せなかったものの、必死の思いでそのおばあさんを見つめた。

「ご苦労なことだね。しばらく、辛抱しておいで」

おばあさんは囁《ささや》くように言って通りすぎた。

ようこは心底《しんそこ》がっかりした。

すると今度はそのおばあさんとすれ違うようにして、よちよち歩きの男の子を連

れたおばさんがやって来た。この人の上の子どもが、ようこと同じ小学校の二学年下にいる。同じ幼稚園だったので、顔見知り程度には知っている。

「あらあら、こんにちは」

おばさんはにっこりとほほえみかけ、

「暗くなるから早く帰らなきゃだめよ」

と言って通り過ぎて行った。男の子は手を引っぱられながら、不思議そうにようこを振り返って見ている。行ってしまう。

もう、今しかない。

ようこは崖《がけ》から飛び降りるような絶望的な勇気を振りしぼった。こういうとき、子どもが大人の注意を喚起《かんき》する方法はたった一つしかない。

泣くのだ。

恥をしのんで。

うまくやれるだろうか。けれど思いあぐねているひまはない。

ようこは大声で泣いた。

最初の声を発したあとは、おなかの震えが伝わって口の外まで行くような変な感じだ。あとには退《ひ》けない、変な感じだ。そうそう、声を上げて泣くときはいつもこんな感じだった。

おばさんはびっくりして引き返して来た。

「どうしたの、ようこちゃん」

「帰れないの」

ようこはしゃくり上げながら老婆の手を指した。

「あらあら」

おばさんはなんでもなさそうにそれを払った。

「はい、これでいいわ。引っかかっていたのね」

おばさんはようこをかばうように肩を抱いていっしょに歩いてくれた。悔しがる老婆の手がようこの襟首まで伸びて来た。だがようこはもう、日常の守りの中にいるのだ。

辻を曲がるとき怖《おそ》る怖《おそ》る、振り返ると、古い土塀を崩すように、大きく道路側にせりだした桜の老木が見えた。その根元から生え出したひこばえが、手を長く伸ばすようにこちらに向かって風に慄《ふる》えていた。

帰りたいと呟く背守《せもり》の君《きみ》の気持ちが、今日は痛いほど分かった。

次の日、学校で登美子ちゃんに会うと、ようこは早速、

「登美子ちゃん、私、昨日《きのう》りかさんを登美子ちゃんちにおいて行ってしまった」

「あ、そうだった？　私、あれから座敷に入らなかったから気づかなかった。じゃあ、今日取りにおいでよ」

登美子ちゃんは、またようこに来てもらう口実ができたので嬉《うれ》しそうだ。

登美子ちゃんの家を出て、改めてりかさんを見ると、りかさんはすっかり憔悴《しょうすい》していた。

—だめだった。「汐汲《しおくみ》」はしゃべってくれないの。ここの家ではだめみたい。

……りかさん、汐汲はうちであずかろう。

ようこは考えていたことを思いきって言った。

—それは……。そうできればそれに越したことはないけれど。

……登美子ちゃんのお母さんがよくなれば……。でも、登美子ちゃんにはなんて話そう。

―汐汲が、まず、あのおうちを離れないでしょう。だから、あそこのおうちの人も汐汲を人に貸し出す気にはならないでしょう……そうですね。

りかさんは思案した。

―麻子《あさこ》さんに相談するのがいいです。

ようこはりかさんを連れておばあちゃんの家へ行った。

バスは十番だ。何度も乗っているからお茶の子さいさいだ。

バスを降りてから、大通りを左手にまがると、上り坂になっている。道々、行き交う人が少なくなったとき、ようこは昨日《きのう》の出来事をりかさんに話した。

―ようこちゃん、私を呼べばよかったのに。

「ああ、りかさんそう言っていたね。でも思いつかなかったの。呼んでも、りかさんがそばにいてくれるわけじゃなし」

―私の名前を呼べば、それで結界が張られることになるんです。ようこちゃんが私の気配を呼び込むから。

「そうなのか」

―あの桜の古木《こぼく》は少し、気になっていた。そんな悪さはしないと思っていたけれど、今内側から腐って行こうとしているから、混沌《こんとん》として来て……私がもっと注意すればよかった。ようこちゃんが大声で泣いたのがよかったんです。それであの巡《めぐ》りを破ることができた。

「そうか、よかったのか」

小さい子みたいに泣いたことをほめられたので、面《おも》はゆかった。

おばあちゃんの家はこの坂を上りきって、露地を入ったところにある。おばあちゃんが留守だったら勝手に上がり込んで待っていようと思った。おばあちゃんはたいてい鍵《かぎ》なんかかけない。

がらがらと戸を開けて、

「おばあちゃん、いる？」

と大声を出すと、奥から、

「ようこかい、おうおう、よく来たねえ。りかもいっしょだね」

と、おばあちゃんがにこにこと出て来た。おばあちゃんは、いつもなんだか佃煮《つくだに》とお香の混じったみたいなにおいがする。

「ちょっと、話があって」

「ほう」

おばあちゃんの目がおもしろそうに輝いた。大人ぶってかわいいこと、と思ったのだとようこには分かった。でも、おばあちゃんはセンスがいいのでそんなことを口に出してようこを笑ったりはしない。

上がり込んで、台所のテーブルで一部始終を話した。

「そのお人形、むっと口を引き結んで、なにも話すまい、洩《も》らすまいと気を張っているんだね。それともそのお人形が引き受けていることがあまりに重くて沈痛なので、そこの奥さんがその波を感じとってらっしゃるのかもね」

「おばあちゃんも、登美子ちゃんのお母さんが調子が悪いの、汐汲のせいだと思う?」

「さあ。りかがそう言うのならねえ」

「りかさんはそう言うんだ」

ようこはりかさんの方を見た。

—今のままだと、汐汲はなにも言わない。あそこの家の型にはまり込んでしまっていて。

「だからね、おばあちゃん、汐汲を一度うちに借りて来ようと思うのよ、どうだろう」

「うん」

おばあちゃんはうなずいた。

「やってみてもいいかもしれないが、問題はどうやって汐汲を連れ出すかだねえ」

「そう、そうなの。なにかいい方法はないかしら」

「そうだねえ」

おばあちゃんは考え込んだ。

「汐汲はだいぶ古いのかい」

「そうね、ずいぶん古いように思う」

ようこは、汐汲の昔風の、無造作だけれど品のある顔立ち、それから少し琥珀色《こはくいろ》に近くなった胡粉《ごふん》の肌を思い出した。

「それならなんとかなるだろう。ところで、背守《せもり》の君《きみ》はどうしているかい」

「相変わらず。背守の君もなんとかしてあげて、おばあちゃん」

「ああ、私もあれから手を尽くしているんだけれど」

おばあちゃんは思案深げに言った。

「……ちょっと思い出したところがある。用事をいくつか、すましたら、ようこのうちに行くよ」

「今日？」

「今日は無理だね。どうあっても明日の夜にはなる」

なんの用事だろう、とようこは訝《いぶか》しく思った。

「行きがけにね、登美子ちゃんのおうちに寄って、おばあさんのお見舞いをする。そのときに雛壇を拝見させてもらって、汐汲の修繕をさせてくれって言うよ。あとで孫に取りに行かすからって。そしたら渡してくれるだろう」

—でも麻子さん、汐汲はいやがると思う。それであそこの人たちもその気配を受けて出ししぶると思う。

「だいじょうぶ、そこはそれ、うまくやるから」

—そう、そうですね、麻子さんなら。

りかさんは思い出したように笑った。この二人は私の知らない思い出がいっぱいあるのだ、そういうものを私もこれからりかさんとつくるのだと、ようこは息を吸い込みながら思った。

どこまでも続く誰もいない夏の田舎《いなか》の道で、風を受けているような感じだった。

次の日、おばあちゃんと打ち合わせたとおり、ようこは学校から帰ると登美子ちゃんの家に出かけようとした。おばあちゃんは午前中すでに寄っているはずだった。

「このごろ、毎日のように登美子ちゃんの家に行くのね」

母さんはあきれ顔で言った。

「お邪魔にならないようにね」

「はあい」

りかさんは専用のショルダーバッグに入れた。ようこの手作りだ。まだミシンが使えないので縫い目も粗いし、裏も付いていないけど、歩きながら両手も使えるし話もできる。そういうふうにあんばいしながらつくった。りかさんも楽ちんだと言った。

桜の老木の脇《わき》を通る。唇をかんでにらみつけてやる。心なし、むこうも緊張している気がする。

―知らんぷり知らんぷり。遺恨は水に流して。

「いこんって？」

―恨みのこと。

「うらみ」

言われて、ようこはびっくりして少し考え込んでしまった。

登美子ちゃんの家は少しばたばたしていた。別になにがどうというのではないけれど、ようこにはそう感じられた。ようこが玄関であいさつすると、相変わらず顔色の悪い登美子ちゃんのお母さんが弱よわしい笑顔で、

「ようこちゃん、わざわざありがとう、すまないわね……。ちょっと待っててね、今包んで来るからね。登美子と遊んでく？　登美子」

登美子ちゃんは廊下を滑るように小走りに走って来た。でも、顔が笑っていない。

「ようこちゃん、上がって」

切羽詰《せっぱつ》まった声を出す。

「ようこちゃん、離ればなれになってもいつまでも、いいお友達でいてあげてね」

登美子ちゃんのお母さんがうつむいて囁《ささや》くように言った。

ようこはなんのことやら分からず、登美子ちゃんを見ると、口をへの字に曲げている。そして手を伸ばしてようこの袖《そで》を引っぱるので、ようこは慌《あわ》てて靴を脱いで上がり、

「お邪魔します……」

とだけ、小さい声で言って、登美子ちゃんの後をついて行った。

登美子ちゃんの部屋は中庭に面した廊下の、障子を開けたところだ。

そこにもつれ込むように二人入って、登美子ちゃんは後ろ手で障子をぴしゃんと閉めた。

「どうしたの、登美子ちゃん」

ようこは心配になって声をかける。登美子ちゃんの顔が、ふにゃっというように鼻の下のあたりから崩れて行き、べそをかいた。でも話したいことがあると見え、本格的には泣き出さない。

「引っ越すんだって」

「ええっ」

ようこは驚いた。思いもしなかったことだ。

「どうして？　お仕事の都合？」

「ううん、お父さんは残るの。お母さんと私だけ引っ越すの」

「どうして？　そんなこと」

ようこはわけが分からない。そんなへんてこりんな引っ越しってあるだろうか。

「あるのよ」

登美子ちゃんは威厳をもって断言する。

「……そう」

そうなのか。あるのか。小さくようこはうなずく。

「でも、そんなの寂しいな」

「私だって」

登美子ちゃんのほっぺに涙がぽろぽろ落ちて行く。

「でもしかたないんだ。お母さんがそう言うんだ」

「遠いの？」

「お母さんのほうのおじいちゃんのうちだから。電車で二時間ぐらいかな」

「ああ、もう一人のおじいちゃんちなんだ」

ようこはちょっと安心した。登美子ちゃんの心細さを思いやっていたのだ。

「でも、学校はかわらなきゃいけないし」

登美子ちゃんにとってはそのことのほうが重大事件そうだった。

「うん、それは寂しいけど……」

ようこにとっても登美子ちゃんがいなくなることは大変なことだ。登美子ちゃんには小さいことにこだわらない鷹揚《おうよう》さみたいなものがあって、ようこの気持ちをずいぶん明るくしてくれたものだった。でも、これで縁が切れるわけでもない。

「電車で二時間ならまったく会えなくなるわけでもないし」

登美子ちゃんはちらっと上目づかいでようこを見た。よし、そう来たか、というような目だった。ようこは登美子ちゃんのそういう態度には慣れていたので、そのまま同じ調子で続けていいのだと分かった。

「それに、今までの友達プラス新しい友達ができるわけだから、得するよ」

それを聞いて、登美子ちゃんの気分がずいぶん上向きになるのをようこは感じた。ようこはりかさんと付き合うようになってから、いろんな人形やものの気配を感じる体のセンサーのようなものが発達して来たような気がする。このときも、はっきりとそれを感じた。

登美子ちゃんはちょっとすねたような声で、

「ようこちゃんはあたしと毎日会えなくなってもいいんだ」

と言ってみせたが、あきらかにもうじゃれついている声だったので、ようこもそれが分かっていて、

「そうじゃないってば」

と、おおげさに言ってみせた。

登美子ちゃんのうちではかなり前からそのことが可能性として囁かれていたのだろう。だから、登美子ちゃんもああ言ってはいたけれどもう覚悟はできているようだった。ようこもああ言ってはみせたものの、いきなりだったので、実はこちらのショックは大きかった。

登美子ちゃんのお母さんが入って来て、

「この汐汲はね、もともとはあの台座の中にしまうようにできていたと思うんだけれど、それが台座が外れなくなってしまっていて」

なるほど、高さが二十センチはゆうにありそうな台の上に汐汲はたっぷり五十センチの幅はとって、雛壇の下に置かれていた。

「しかたがないので、毎年この風呂敷《ふろしき》に包んでしまうのよ」

出された包みは緑の地《じ》に唐草模様を白く染め抜いた、漫画の泥棒《どろぼう》がかついでいるような古風な風呂敷包みだった。

「分かりました」

と応《こた》えると、なんだか急に疲れてしまって、ようこは荷物を受け取るとそのまま失礼した。

途中で桜の老木の前を行き過ぎる。

ようこはなにも言わず、顔をこわばらせて急ぎ足で過ぎた。

遠くの空でしているような、かすかな泣き声を聞いたように思った。

登美子ちゃんの引っ越しの一件で、ようこはすっかり気落ちしていたのだが、がんばって汐汲の入っている風呂敷包みを座敷に運んだ。

背守《せもり》の君《きみ》は相変わらず座敷童子《ざしきわらし》のように隅のほうに座っている。たいがいはこっくりこっくり、うたた寝のように目をつむっている。時々思い出したように「帰りたいの」と呟《つぶや》く。ようこももう慣れて、調度の類《たぐい》のような気がして来ていた。

—ご飯を食べて、
りかさんがようこに声をかけた。

—エネルギーをつけましょう。それからもうひと仕事にかかりましょう。

りかさんの言うことは正解だった。それは本当に「ひと仕事」だった。

ようこはご飯を食べ終わるとまた戻って来て、風呂敷包みをとき、汐汲を出して座敷机の上に置く。

置いたとたんに、汐汲がううっと唸《うな》るように、

——動けば汐がかかるじゃろう。汐がかかれば切なかろう。

と、しわがれた声で呟いた。

汐汲の初めての言葉だった。

ようこはぞくっとした。りかさんは、

―誰に汐がかかる？

と訊《き》いた。汐汲は黙っていた。りかさんは続けて、

―あなたの台座の下の箱を開けてもいい？

汐汲はそれでも黙っていたので、

―ようこちゃん、開けましょう、開けてみて。

とりかさんに言われ、ようこは汐汲に手をかけようとした。その途端、

――何をする、慮外《りょがい》もの。

と、汐汲のどすの利《き》いた声が響き、ようこはびくっとした。りかさんは、

―なにも悪さをするわけではない。暴《あば》きたてて嗤《わら》うものでもない。おまえがそうやって抱えているものをきちんと供養してやりたい。

と、優しい声で諭した。

そのとき、部屋の隅でうつむいていた背守の君が、ゆっくりとこちらに向き直り、

――汐汲、あたしじゃ。

と、しんと低い声で言った。汐汲の気配がはっと改まった。背守の君は、

――汐汲、もういい。開けてやれ。

と命令した。とたんに汐汲の体がしゅーっと小さくなったように感じた。実際は変わりない大きさだったのだが。

わけが分からなかったが、汐汲の台座は動いた。そして中を見ると、ようこは思わず悲鳴を上げそうになってりかさんを抱きしめた。

そこにあったのは、黒こげの西洋人形だった。

両腕片足はなく、もう片足は取れかかり、片目はつぶれ、もう片目はかっと見開かれて恐ろしげにこちらをにらんでいる。

しばらく声も出せずにいると、

―このお人形は、日米親善使節団の任務を背負わされて来たんです。名前は……。

と、りかさんが呟いたのを受けて、

――アビゲイルじゃ。

と、背守の君がはっきりと言った。

そして、細かい色素の粒子が、自然に意図された場所に集まるように情景が浮かんで来た。登美子ちゃんの家のときと同じ、まるでスクリーンに映し出されるようだ。

大きな木のテーブルを囲み、外国の女の人や少女たちが縫い物にいそしんでいる。テーブルの上には様々な彩《いろど》りの小ぎれやリボン、針山やはさみ、小さな型紙がところせましと置かれている。その真ん中、ミニチュアの椅子《いす》の上には美しい青灰色《せいかいしょく》の瞳《ひとみ》をした人形が、王女のように座っている。

—あれ、アビゲイルです。

りかさんが囁く。

「うそお」

ようこは思わず声をあげる。美しく、愛らしい人形だ。しかしまぎれもないこのアビゲイルだ。

小さな型紙をあてて真っ白のキャラコを裁っている子や、それをズロースやペチコートに仕立てている子、もう少し年上の少女たちはそれにタックを入れたり、かぎ針でレースをつけたりしている。女の子たちは下着を担当しているらしい。

年長の女性たちは光沢のある繻子《しゅす》でイブニングドレスを縫ったり、小さな毛皮の切れ端をマフや外套《がいとう》のケープにするため苦心している。

皆、人形の衣装《いしょう》だ。小さなトランクまでいくつも準備されて、まるで嫁入り道具のようだ。テーブルのあちこちで仮縫いが必要になるため、小さなアビゲイルはしょっちゅう手から手へテーブルの上を行き来する。

けれどアビゲイルの顔は嬉しそうに見えた。皆がアビゲイルのため──アビゲイルを美しくするため働いてくれているのだ。小さな子どもたちはかわいいと言ってはキスしたり抱きしめたりする。それをすぐ年上の女性たちにたしなめられる。アビゲイルは大切な親善大使。お役目を持った人形なの。あなたのおもちゃじゃないのよ。そういう言葉を何度も何度も聞かされるうち、アビゲイルの中で小さな誇りと自覚が芽生え、それがだんだん大きくなるのが、スクリーンを通して分かる。

集まりの中でひときわ快活で、皆の中心になっているのが、アビィと呼ばれている女性だ。皆の話から、彼女は地区の教会の牧師夫人で、この集まりを企画した人らしいことが分かった。世界児童親善会という団体が、全米に日本へ人形の親善使節団を送ろうと呼びかけたとき、真っ先にそれに応じて、自分たちのクラブでも、と皆に働きかけたのがこの牧師夫人、アビィだったらしい。

人形がメーカーから送られて来たとき最初に箱を開け、人形に「ママー」と声を上げさせ、「まあかわいい」と頰《ほお》ずりしたのもアビィだった。人形はアビィの名前をとって、アビゲイルと名づけられた。アビゲイルはほかの多くの親善人形と同様にママードールだ。横にしたら目をつむる、スリーピング・アイも持っていた。

画面はぼんやりと、工場での機械的な検査の様子を映し出す。アビゲイルが出荷されるときのうっすらとした記憶らしい。箱詰めされて真っ暗な状態、それが急に開けられて目も開けていられないほど明るくなったと思ったら、二本の腕に抱かれていた。明るくなったと思ったのは外に出たからだけではなかった。圧倒的な光の洪水のようなアビィの愛情がアビゲイルを包んだのだ。アビゲイルはそのとき「ママー」とアビィを呼んだ。

画面はまた切り替わり、今度はアビゲイルがアビィに連れられて、ダウンタウンの家々を訪問して回るところが映し出される。

寝たきりの老人のいる家、母親が病気で寝込んでいる家、アビゲイルはアビィとともにそういう家々をまわり、お年寄りや子どもたちを慰めた。皆、アビゲイルを見ると目を輝かせた。

――この子はもうすぐ東洋の日本へ行くのよ。親善大使なの。

と、アビィが紹介すると、

――へえ、すごいなあ。

――偉いんだねえ、アビゲイルは。立派に使節のお役目を果たして来るんですよ。

アビゲイルは日々の暮らしに沈みがちな人びとに夢を与えていたのだった。

アビィが次の家を訪問しようとしていると、声をかける紳士がいる。

どうやら、通りがかりの教会員の一人らしい。

――アビィ、この家をあなたが訪問するのはどうかという人々がいるよ。この家の人たちは東ヨーロッパからのユダヤ人の一家だ。旦那《だんな》のほうは工場で働いているが、奥さんのほうは近所の誰とも話そうとしないそうじゃないか。

――あら、マーガレットのことなら、彼女はまだ英語がよく分からないんですの。旦那さまの方もお国では数学の教師をなさっていたらしいんですが、やはり、まだ英語がそれほどできなくて……。でも、時間の問題ですわ。

——異教徒のことをなぜあなたがそこまで気にかけるのかと言う人もいるよ。あなたの立場から言って、おかしなことではないかと。

どうやら、つぎの訪問先はアビィの教会の信者というわけではないようだ。

——あら、主《しゅ》は隣人愛を説かれたとき、教会の信者に限り、と但《ただ》し書きを付けたりなさいませんでしたわ。

アビィはいたずらっぽくほほえむと会釈して踵《きびす》をかえし、アビゲイルとともに軽やかにその家に入って行った。

その家は貧しく、故国から持ってきたキリムと呼ばれる奇妙な模様の素朴なタペストリーだけが居間を飾っていた。

じつはアビィは、この夫婦のしゃべるイディッシュという言葉を知っていたらしい。

画面に映し出されたこの家の女主人、マーガレットが、

——あなたがイディッシュをご存じで、私がどれだけ救われているか……。

と呟いたのだ。マーガレットはほつれた髪、痩《や》せぎすの体に乾いた唇をしていた。

目の下にうっすらと青黒い隈《くま》ができている。

――ほら、かわいいでしょう。

アビィは小さなアビゲイルを見せた。

――今度、日本という東洋の国へ、親善のために送られる人形なの。アビゲイルという名前なの。ええ、私の名をとって。

マーガレットはアビゲイルをしげしげと見つめた。

――かわいいでしょう。

アビィは重ねて言った。

――分からない。

マーガレットは当惑したように言った。

――私にはあまりかわいいと思えない。ごめんなさい。

アビィははっと気づいたように、

――ああ、そうだった、私、女性は皆こういうものに心惹《ひ》かれるのだと当然のように思っていた、でも、あなたは私に、あなたが他人とうまくつきあえないことを以前話してくれていたわね。いつか子どもを持ったとき、その子をちゃんと愛して育てて行けるかどうか自信がない、という不安もあったわね。そういう今のあなたに人形をかわいいと思う心のゆとりがあるわけがなかった。つらいことを押しつけてしまった。ごめんなさい。

アビィは心からすまなく思ったらしかったが、しばらくして、

——でもねえ、マーガレット、この人形にはすでにいっぱいの愛が蓄えられているのよ。この人形はその愛を、見知らぬ国へ届けに行くの。ほら、抱いてみない?

マーガレットは首を振った。アビィはほほえんで、

——無理はしなくていいけれど。ねえ、人形が笑うことがあるのを知っている?

マーガレットはまた首を振った。

——人間みたいにげらげら笑うわけではないのよ。でも、ほら、長い冬が終って、いろんなものがいっせいに芽吹き始める春の野原のようにね、時々なんとも言えないふくふくと温かなものが人形から漂って来ることがあるの。私はそれが人形が笑っているのだと思うのよ。

マーガレットは頰を紅潮させ、潤《うる》んだ目でアビィを見つめると、

——私、あなたがほんとにうらやましい。

と言った。そして思いきった様子でアビゲイルに向かって手を差し出した。

——抱いてくれるの。

アビィは嬉しそうに小さなアビゲイルをマーガレットに渡した。マーガレットは、

——小さなアビゲイル。私にもいつか人形の笑い声が聞こえる日が来るのかしら。

と呟いた。アビィは小さなアビゲイルの代わりに、

——きっと、来るわ。そしていつか生まれる小さなマーガレットも、きっとそれを聞くわ。

マーガレットは力なくほほえんだ。

——そうだといい。私はこういう人間だと諦《あきら》めているけれど。いつか生まれるかもしれない私の子ども、そしてまたその子ども……。いつか、私に連なる小さな命が、それを聞くことができたら。春の野原のような人形の笑い声を。その子がそういうものを聞ける心のゆとりを持ち、そういう幸福に包まれていたら。

——きっと聞くわ。

アビィが励ますように言った。

——ねえ、アビゲイル。

そしてこの言葉は育ち始めていたアビゲイルの心に刻み込まれた。

――マーガレットは、幸福な人形の笑い声を聞く。春の野原のような温かい幸福感に包まれて。

それはアビィから託された、もう一つの使命になったのだろう。ようこたちがそう思ったのは、その声が何度も何度も響いたからだ。

場面は、にぎやかなパーティーに変わった。

壇上には何十もの人形たちが並んでいる。

会場にはたくさんの少女や紳士淑女に混じって、アビィもいる。

――いよいよね。ねえ、たくさんのかわいらしいお人形ね。

――お人形たちは、特別あつらえの小さなパスポートまで政府に発行してもらっているそうね。

――親善使節団ですもの。

いよいよ船出の時が来たらしい。これはお別れパーティーの様子だろう。

アビゲイルの旅行支度を整えた女の子たちも来ていて、最後に皆、お別れに交代でアビゲイルを抱きしめた。そのたびに女の子たちはアビゲイルを少し仰向けにして「ママー」と言わせた。

皆がアビゲイルを心から愛し、誇りにした。

ほかの人形たちの顔もやはり使命感に誇り高く輝いていた。


人形に性格を持たせるのは簡単だ。人形は自分にまっすぐ向かって来る人間の感情を、律儀《りちぎ》に受け取るから。


場面は今度は日本での歓迎会に変わったようだ。会場の様子が少し違い、日本人でいっぱいだ。

アビゲイルたちは要人《ようじん》のように、うやうやしい扱いを受けている。

アビゲイルが親善使節としての自分の任務を思っているのが伝わって来る。

故郷で最初に自分を目覚めさせた、あのまぶしい光の洪水のような愛情を、今こそ自分たちはこの日本の子どもたちに伝えるのだ。

そういうアビゲイルの使命感がスクリーンいっぱいに、はち切れんばかりなのが感じられる。

それからすぐ、場面は今度は日本の昔の木造校舎の薄暗い小学校に変わった。ここが親善大使アビゲイルの赴任先なのだろう。つぎからつぎへ、早回しのように、パレードやそれぞれに盛大な、けれどどこかぴりぴりと緊張している一連の歓迎行事の一コマ一コマが映った。アビゲイルが自分を抱いてくれる子どもたちの手を待ち望んでいるのが痛いほど伝わる。場面が小さい子どもたちばかり、哀《かな》しいぐらいに追っているからだ。だが、なかなかうまくは行かなかった。

全校生徒といっしょに写真を撮ったあと、アビゲイルは校長室のガラスケースに納められた。ときどき、緊張した面持ちの女の子がやって来て、校長先生からアビゲイルを抱いてしばらく遊ぶことが許された。遊ぶと言っても、ママーと言わせるとか、横抱きにして目をつぶる様子をおっかなびっくり見つめるぐらいのものだったけれど。

校長先生の勿体《もったい》ぶった口ぶりから、それはなにかで賞をとったとか善行が認められた少女にかぎって、与えられた特権のようだったらしい。

だが年月が過ぎて、ある年の春、アビゲイルのガラスケースをしげしげと覗《のぞ》き込んだ女教師《じょきょうし》がいた。それは、隣りに立っている校長先生の言葉から、高島という新任の女教師で、校長室の掃除を任された組の担任であるらしい、ということが分かった。校長が教頭に呼ばれてその場を外すと、高島先生はそっとガラスケースからアビゲイルを出した。

——あなたはアビゲイルというのね。

高島先生はガラスケースのプレートを見て、真っすぐアビゲイルに語りかけた。

——私は人形遊びをたくさんしたから分かるわ。あなたはガラスケースに飾っておく類《たぐい》の人形なんかじゃないわ。それはとんでもない間違いよ。

「そうだそうだ」

ようこは両手を握りしめた。

校長のいない校長室で、高島先生を前にして女の子たちがいっぱい並んでいる。

高島先生は、瞳《ひとみ》の奥をきらきらさせながら、声を心持ち低めて、

——皆さん、これはご存じのとおり、大切なお人形です。大切なので、きちんと手入れしなければなりません。掃除の際には、ガラスケースから丁寧に取り出し、衣服の世話や髪の手入れをするように。人形の持ち物の点検も怠らないように。ただし、部屋に他の誰かがいるときはやめておいたほうがいいかもしれない。

と、最後は小声で付け足した。

女の子たちは大喜びだった。なんという特権だっただろう。アビゲイルも嬉しかった。アビゲイルが嬉しいときは場面が明るくなるのだ。

女の子たちは、無駄口ひとつたたかず大急ぎで掃除をすましたあと、アビゲイルの旅行鞄《りょこうかばん》やスーツケースから、虫干しと称して何枚ものドレスを出したり、着せ替えたりした。アビゲイルの専用の櫛《くし》で髪を梳《と》いたりした。アビゲイルが持参してきた小物の中には、女の子たちにはどう使うか分からないものもあった。

——これは何するもんかしら。

一人がふわふわの円筒型のマフを手に取って言った。

——さあ。アメリカで女の子が使うものなんでしょう。

——ふうん。よく分かんないけど、いいなあ。

女の子はうっとりした眼差《まなざ》しで言った。

女の子たちの中に、「比佐《ひさ》ちゃん」と呼ばれている子がいた。その子はとくにアビゲイルに夢中だった。比佐ちゃんがアビゲイルを抱いて髪を梳《す》いていると、高島先生がにこにこしてそばへやって来た。

――きれいな髪よね。

――先生、こういう髪のこと、ブロンドって言うんですか。

――そう、日本語では「亜麻色」と言うの。ほんとうにきれいね。

――先生、アビゲイルの瞳《ひとみ》は光によって表情が変わるんです。まつげだって、ほら、こんなに丁寧に植え込まれて、とっても長い。アビゲイルのママーと言う声も、なんだか妖精の国へ通じる秘密の言葉みたい。

――今の表現、先生はとっても好きです。

高島先生は楽しそうに笑った。

「もしかして、この比佐ちゃんって、登美子ちゃんのおばさんの比佐子さんかもしれないわ」

ようこは声を潜めてりかさんに言った。

—たぶん、そうでしょう。

りかさんも少し緊張しているようだ。

「やだ、そうしたら……」

—しっ。まだ続いているから。

アビゲイルも比佐子が好きらしいのは、それから比佐子の姿が頻繁《ひんぱん》に出て来ることからしても分かった。ほかの少女がアビゲイルを触る場面も出て来ることはあったが、どうも彼女たちはもの珍らしさや好奇心が先にたつのか、やたらに「ママー」と言わせてみたり、閉じる目の秘密を探ろうとしたりするところがあった。比佐子はただただアビゲイルがかわいくて慈《いつく》しむ気持ちにあふれているのが見ていて分かった。

比佐子はたぶん、そういう愛情をいっぱい受けて育ったのにちがいない、とアビゲイルは思ったのだろう。一度、場面の中で、アメリカで孤独に生きているマーガレットの姿がオーバーラップしたのは、ひきくらべてマーガレットの生い立ちのことが偲《しの》ばれたのだろう。

だが、そういう平和な日々は長くは続かなかった。

ある日こっそり、高島先生がアビゲイルのところへやって来た。そしてガラスケースごと風呂敷《ふろしき》に包みながら、

——ごめんなさいね、アビゲイル。じつはあなたの故郷のアメリカとこの日本の国の間で戦争が起こってしまったの。あなたの身の上にも何が起こるか分からないわ。とりあえず隠れていてちょうだいね。

高島先生の判断で、アビゲイルは校長も気づかぬうち、戸棚の奥深くしまわれることになった。

アビゲイルは戸棚の向こうの様子に耳をすますが、みんな貝が口を閉ざしたようにアメリカ生まれの人形のことは言わなくなった。ときどき比佐子が戸棚のすぐ向こうまでやって来て、

——あんたみたいにかわいらしい人形をつくる国が、鬼畜の国だとは、どうしても思えないわ。

と、囁《ささや》いてくれた。

ある日、久しぶりに高島先生がこっそりと戸棚から出してくれたと思ったら、ため息をつきながら、

——アビゲイル、大変なことになってしまった。この新聞。

と言って、アビゲイルに新聞を見せた。まさかいくら高島先生だってアビゲイルが新聞を読むとは思っていなかっただろう。ただ、校長が留守をしている午後、静かに人形と向かいあって自分自身と対話したかったに違いない。

ところでアビゲイルは読めないにしろ、場面は新聞の見出しを大きくとらえる。そこには、「米人形を火あぶり　天晴《あつぱれ》少国民の決意昂揚《こうよう》」という記事が載っていた。

——隣県の国民学校に配布された親善人形が、「敵愾心《てきがいしん》昂揚のため」生徒たちの見ている前で焼却処分された、というの。あなたのお友達だったにちがいないわ。その学校の校長が、「憎きアメリカの手先であるこの人形をどう処分すればいいか」と、生徒たちに訊《き》いたんですって。この新聞は校長の愛国心と生徒たちの英断をほめたたえる論調なの。こんな、馬鹿《ばか》な気狂いじみた話がある？

高島先生の声は悲しく、疲れていた。場面も以前の明るさはもうなかった。

次の場面では、校長が高島先生を呼び出している声が戸棚の向こうから聞こえて来る。高島先生がやって来ると、

——うちにも敵性人形があったはずだが。

と言った。高島先生はすかさず、

——ええ、敵国の使者として、今は生徒から隔てて戸棚に入れてあります。隣りの県では人形を火あぶりにしたそうですが、私はそれは筋違いの発想だと思います。日本では昔から敵に情けをかけることを美徳と尊ぶ風潮がありました。アメリカの人形は今では捕虜のようなものです。捕虜を虐待《ぎゃくたい》するようなまねなど、私たち誇りある日本人のよしとするところでしょうか。

高島先生は、来たるべき事態に備え、万全の構えをとっていたようだ。

これを聞いた校長の、眉《まゆ》をしかめ、苦虫をかみつぶしたような顔をしている様子が戸棚のこちら側からも分かった。

——では、失礼いたします。

高島先生が部屋を出たあと、校長が机かなにかを蹴《け》とばす音が響いていた。

つぎの場面がいきなり出て来て、ようこは悲鳴をあげた。

なんと、校庭の真ん中に柱が立てられ、そこにアビゲイルがくくりつけられているのだ。

「もういいよ、りかさん」

ようこは悲鳴のような声をあげた。

―だいじょうぶ。ようこちゃんは耐えられる。

りかさんが励ました。

朝礼のときに、いつもとは違う整列の仕方をさせられた児童たちの目は校庭の真ん中に釘付けになっている。

――この人形は、

校長はまるで地獄の裁判官かなにかのように険悪な顔をして声を張り上げた。

――そもそも鬼畜アメリカ人のスパイとして送り込まれたものだ。きゃつらは親善と称し、甘言をもってまず子どもから軟弱な西洋精神をふき込み、堕落させようと策を弄《ろう》したのである。

「違う」

と、ようこは叫んだ。

「アビゲイルは、愛を、届けに来たんだ」

だが、誰もその声を聞かない。

——もちろん、我が聡明《そうめい》なる大日本帝国の少国民はそんなものには惑わされない。

その証拠を、これから示すため、この人形をもって刺殺訓練を行う。

場面が比佐子の蒼白《そうはく》な顔をとらえる。

これからのことを描写するのはとてもつらい。

ようこはりかさんを抱きしめ、りかさんはその存在でようこを励ました。

場面はずいぶん暗くなって、子どもたちが順番に一人ずつ、竹やりを構え、大声を上げながらアビゲイルに突進して行く姿が浮かび上がっていた。アビゲイルの美しい深緑のビロードの服がめちゃくちゃに裂かれ、手足がぐらぐらと揺れている。ふっくらとした薔薇色《ばらいろ》の頬は傷つき変形し、片目は穴が開いた。それでも突撃訓練はどこまでも続く。女の子たちでさえ平然としている。敵国でつくられたのが悪いのだと、独り言のように呟いている子もいた。後ろめたさをかき消そうとしていたのだろう。

比佐子は混乱した、怯《おび》えたような目で友人たちを見つめている。

とうとう、比佐子の番になった。唇が冷たく、氷のようだ。

(幕の中のその事件の再現を息を詰めて見ているようこは、自分自身の唇がそうなっていることに気づいていなかった。)

比佐子は教師の罵声《ばせい》を浴びながらよろよろとアビゲイルの近くまで寄り、その変わり果てた姿に衝撃《しょうげき》を受けたようだった。竹やりを握りしめていると、さらに罵声が飛んだ。ガタガタと震えながら、アビゲイルのくくられている柱を申し訳程度に突いた。さっきから罵声を浴びせていた男性教師がつかつかとやって来て、今度はものも言わずに比佐子を平手で打った。そして脅《おど》すような低い声で——もう一度だ、と言った。そしてその場から離れなかった。比佐子の首尾を見届けるつもりだったのだろう。

比佐子は逃げられなかった。涙を流し、鬼のように顔を歪《ゆが》めながら竹やりを刺した。アビゲイルのおなかの辺り、もうぼろぼろになった服の境をせめて狙《ねら》ったのが手にとるように分かったが、近くに立っている教師への恐怖からか、それとも緊張のあまり手元が狂ったか、比佐子の竹やりは真っすぐにアビゲイルのおなかを突き刺していた。

さっきの柱を刺したときの固さとは違う手応えがあったのだろう、比佐子のぞっとしたような、絶望的な顔が映った。すでに何回も刺されていたアビゲイルのおなかは、いつもとはまったく違う感触だったのかもしれない。

そのとき、絶え入りそうな微《かす》かな声で、

——ママー。

と、アビゲイルが泣いた。

つぎの場面は雨の校庭だ。女の子が一人、しゃがみ込んでいる。

――なにをしているの、風邪《かぜ》をひくわ。

大きな声がした。

研修から帰って来たらしい高島先生だ。高島先生は、はっとした様子だ。しゃがんでいたのは比佐子だった。虚ろな目で焼け焦《こ》げた黒い塊《かたまり》を見つめている。高島先生はそれで了解したようだった。

火をつけたものの、雨が降りだして途中で放っておかれることになったのだろう。無惨《むざん》な黒い塊は、まだ原形を残し、片目は穴が開き、もう一つの目は煤《すす》けていたが見開かれたままだった。どんなに横にしてみても、もう閉じることはなかった。見開かれたままだった。ママーとも、もう言わなかった。髪はほとんどが焼け落ちて、両腕片足も落ちていた。左足だけがかろうじてぶらぶらと残っていた。雨にもかかわらず、焼けたセルロイドの異臭がまだ漂っていた。

高島先生は傘を比佐子にあずけ、人形の手足を拾い集めた。

――あんまりだ。私がいないときに……。

　高島先生は唇をかんだ。そして気づかわしげに比佐子を見つめる。唇は真っ白で、生気がない。これがあのにこやかに笑っていた同じ比佐子とは思えない。まるで幽霊のようだ。高島先生は、比佐子の肩に手をおき、

——アビゲイルは先生が家であずかっておくわ。できるだけきれいにして、気持ちのいいように寝かせてあげるわ。

　そう囁くと、高島先生は比佐子を立たせ、家まで送って行った。

　次の場面は、お棺の中に眠る比佐子の姿で始まった。

　幼く優しい、やわらかい心と体に、その出来事が与えたダメージは外からは測り知れないものだったのだろう。比佐子がそれから高熱を出し、一か月後、息を引き取ったというのは、通夜《つや》に集まっている人びとのひそひそ声から分かった。

　場面はもうほとんど闇のように暗い。

　おそらく焼けかすのようになったアビゲイルの最後の記憶なのだろう。

　高島先生が、アビゲイルを横におき、比佐子の家族に事情を話している。比佐子とアビゲイルが今度こそ邪魔もなく楽しく遊べるようにアビゲイルを比佐子のお棺

に入れてくれないかと話を結んだ。そして、悲しみのあまり虚《うつ》ろな目をしている比佐子の母親の前にアビゲイルをおいて行った。

それから比佐子の両親が、アビゲイルを前に話し合っている場面が続く。あまりに恐ろしそうなアビゲイルの姿を見て、それで比佐子が楽しく遊ぶなどとどうしても考えられない、というのが父親の主張だ。けれど母親にとっても比佐子はいちばん最初の子どもで、その子が愛《いと》おしんだという人形を簡単に捨てる気にもなれなかった。だがアビゲイルの姿はとても人前にさらせるようなものではない。結局、母親の考えで、汐汲の台座の中に隠すようにして、この家であずかって行くことにしたのだった。

これが、汐汲が必死で守っていた、アビゲイルの物語だった。

「……それで、動けば汐がかかるじゃろう、汐がかかれば切なかろう、って言ってたのね」

ようこの声は震えていた。こんな小さな子がこんな表情をするのだろうかと思うくらい沈うつな顔だ。

—この子を楽にしてあげよう、ようこちゃん。

りかさんはきっぱりと言った。

「でもどうやって」

—見開いたままの片目を、つむらせてあげるの。

ようこはおそるおそるアビゲイルの瞳《ひとみ》に手を伸ばして閉じさせようとするが、内部でなにかが突っかかえているように動かない。

「閉じないよ、りかさん」

ようこは泣きたかった。困ってりかさんを見た。

—解消されない屈託があるんだ。

屈託、という言葉はようこにはよく分からなかったが、その意味するものは瞬時に悟った。ようこはそういうふうに自分の中に言葉を増やして行く子だった。

「あたりまえだよ。あんなひどい目にあって。あんな……。ねえ、りかさん、どうしてあげたらいいんだろう」

—アビゲイルは、かわいがられることが使命なの。かわいいって抱きしめてあげて。

りかさんの声が懇願するようにようこに届いた。

ようこは思わずうめくような声を出した。

アビゲイルは煤《すす》けた、真っ黒の体。かろうじて頭髪二、三本残っている。かっと見開いた瞳が恐ろしい。どうやったらかわいいって言えるのか。

アビゲイルはかわいそうだ。だけどアビゲイルはかわいくは見えない。

ようこは唇をかんだ。

―ようこちゃん。

りかさんが助け船を出すように言った。

―かわいいという言葉を胸の中に抱いてみて。

ようこはうなずき、かわいいという気持ちを、小さな鞠《まり》のように胸の中にふうわりとおいた。

―そしたら、そのかわいいという感じがどんどん拡《ひろ》がって行くように力を出して。

ようこは言われたとおり、かわいい、という温かなどこかくすぐったくなるようなほんわかした気持ちがどんどん、心いっぱい拡がって行くようにした。それはだんだん、ようこの体の隅々まで、髪の先から手足の爪《つめ》の先まで満ちて来た。両の手のひらを開けるとそのあいだの空間までかわいい温かさでいっぱいになるようだ。

「りかさん、なんだかあったかいものがいっぱい詰まって来た感じだよ」

――そしたら、アビゲイルを抱いてあげて。包み込むように抱いてあげて。

「分かった」

ようこはうなずいた。そうか、そういうふうにするのか。

ようこがりかさんから学んだこういう方法は、やがて大人になるまでに彼女独特のものとなり、不思議なムードメーカーと周りから見なされるようになるのだった。

アビゲイルの体に触ると、ようこの心は電流が走ったようだった。かまわずに腕の中に抱き入れると、焼けつくような痛みが起こり、それから、火傷《やけど》のあとのようにひりひりとして来た。ようこはそれでもアビゲイルを放さなかった。自分のどこか奥の方から、けっして絶えることのないように泉のようにあふれるものがあり、それはしばらくアビゲイルの「ひりひり」と拮抗《きっこう》していた。やがて「ひりひり」があまりにも激しくなり、ようこは声を上げそうになったが、心のどこかに、この苦痛は長くは続かない、という確信のようなものがあった。すると心の奥の泉から今までにも増して温かく穏やかな慈しみ《いつく》の川のようなものが流れだし、ようこの苦痛を包み、アビゲイルの存在の痛みまでくるんで流して行ったかのようだった。アビゲイルの表情も最初は拒絶するような険しいものに見えたが、やがてそれもおさまった。

それと同時にようこは急に嗚咽《おえつ》が止まらなくなった。顔が、激しい泣き顔になっているのが自分でも分かる。涙が、涙が止まらないのだ。同時に口からは獣の子どものような変な声が止まらない。

おかしなことだが、そのとき、ようこは父さんの美術全集に載っていた、ピカソの泣く女の絵を見たときのことを思い出した。そのときは変な顔、ぐらいにしか思わなかった。

が、今は分かる。人が本当に悲しくて悲しくて泣くときは、顔が、バラバラになるのだ。

ようこの止まらない涙はアビゲイルの煤《すす》けて乾いた顔を濡らし、その暗渠《あんきょ》のように穿《うが》たれた目の跡に入って行った。

―ようこちゃん、私をアビゲイルといっしょに抱いて。

りかさんがそう言うので、ようこは言われたとおりにした。二体の人形の間で、なにかが起こっている、濃密な空気が醸《かも》し出された。

—ようこちゃん、もういいよ。アビゲイルの目を閉じてあげて。もうだいじょうぶ。

ようこが半信半疑でアビゲイルの瞼《まぶた》に手を伸ばすと、待っていたようにそれは簡単に閉じた。それから、アビゲイルの頭の後ろがかさかさと音をたてたと思ったら、あっと言うまにそれは崩れていき、みるみる、灰の塊になった。

「あ、りかさん……」

—これでいいの。私がアビゲイルのもう一つの使命をあずかったの。

「もう一つのって……あの、マーガレットっていう移民の人？」

声がうまく出ない。まだひっくひっくが止まらない。

—そう。

「でも、そんなこと、無理よ。」

ようこはあきれた。りかさんのスクリーンで見ただけだけど、あのかさかさと潤《うるお》いのない人に人形の温かな笑い声を聞かせるなんて。海の向こうの人なのに。生きているかどうかも分からないのに。

りかさんはほほえんでなにも答えなかった。それで、ようこもその話は腑《ふ》に落ちないまま、いつか忘れてしまうのだった。


「無事に終ったようだね」

障子が開《あ》いて、おばあちゃんが入って来た。

「わあ、もう、びっくりした。おばあちゃん、いつから来てたの」

ようこはまだしゃくり上げながら、必死で普通に話そうとしたが、なかなかできるものではなかった。

「ずいぶん前からだけどね。急に入って中断させても、と思って障子の向こうで様子をうかがっていたのさ。りかがいるからだいじょうぶとは思っていたけれど」

と言って、りかさんに向かい、

「首尾はどうかい」

と訊《き》いた。りかさんは、

—あとはそこに残った灰を、比佐子さんのお墓に撒《ま》いてあげるだけです。

おばあちゃんはうなずき、灰に手をかざすようにして、

「……つらかったね」

と呟《つぶや》いた。それを聞いて、ようこはまた涙が出そうになった。

おばあちゃんはそこに座り込んで、巾着《きんちゃく》の中から取り出した針に糸を通し始めた。

そして、

「比佐子さんというのは、登美子ちゃんのお父さんのいちばん上の姉さんだ」

そう言うと背守《せもり》の君《きみ》のほうを向いて居住まいを正し、

「そうでございますね」

と言った。背守の君は微《かす》かにうなずいた。

おばあちゃんは、巾着の中から袱紗《ふくさ》に包んだものを取り出し、

「長いことお借りして、お礼の言葉もございません。ご立派な背守、あちらさまもたいへん満足なされてくれぐれも礼を、それから無沙汰《ぶさた》の詫《わ》びを申し上げてくれ、とのことでございました」

そう言って、糸を通した針を片手に、もう片方の手には袱紗の中にあったトカゲのぷっくりしたようなものを持ち、ずいっと膝《ひざ》をのり出すと、すっすっと背守の君

の背中、紋を付けるところあたりにそれを縫い付けた。

——やあ、嬉《うれ》しや。

——やあ、嬉しや。

雛壇《ひなだん》のあちらこちらから声がかかった。

背守の君はそうろと片手を背中に当て、

——ほうほう。

と、満足そうな声をあげた。

それから、ゆっくりと立ち上がり、背の後ろを見ながら回り始めた。

おばあちゃんはしばらくほほえんで、くるくると軽やかに周りで寿《ことほ》ぐ雛たちと戯《たわむ》れている背守の君を見ていたが、

「それではお送りいたしましょう」

と声をかけた。背守の君はそそくさとおばあちゃんに寄り添って来た。

「おばあちゃん、じゃあ、その背守の君の帰りたい場所って……」

「……さあね」

おばあちゃんは心なし低い声で、はっきりとした返事は言わなかった。

「とにかく帰りがけ、登美子ちゃんの家の前で背守さんとお別れしてくるよ……。ようこは近いうちにまた遊びにおいで」

なるほど、そのときいろいろと謎解《なぞと》きをしてくれるのだな、この家では今、不都合なのだな、とようこは子どもながらに察しを付けた。それで、

「分かった。また来週の土曜日いくよ」

おばあちゃんはほほえみながら背守の君を傍《かたわ》らに帰って行った。

玄関で見送った母さんには当然のこと、背守の君は見えなかった。母さんにはとうとう最後まで見えなかった。

次の日、登美子ちゃんは学校に来なかった。おばあさんが亡《な》くなられたのだそうだ。

おばあちゃんに電話で言われて、ようこはあの灰を持って母さんとお通夜《つや》に出かけた。おばあちゃんも来ていた。おばあちゃんはようこたちを見るとうなずいて、登美子ちゃんのお母さんになにやら耳打ちし、ようこから受け取った灰を渡した。

登美子ちゃんのお母さんは深々と頭を下げた。

登美子ちゃんはしゅんとして見えた。ようこは登美子ちゃんがかわいそうでならなかった。登美子ちゃんはようこを見つけると、

「来て来て」

そっと小声で遺体の足もとへ呼び、

「ほら、冷たいよ」

と、触ってみせた。

ようこには怖くて触れなかった。

「いいよ、私は」

と、しりごみすると、登美子ちゃんはそこで初めて、

「気持ち悪いんだね。気持ち悪がったらおばあちゃんがかわいそうだ」

大粒の涙をぽろぽろと流した。

「それで登美子ちゃんはどうするのかい」

つぎの週の土曜日、おばあちゃんの家に行くと、ようこは真っ先にそれを訊かれ

た。

「やっぱり転校はするみたい。でも、お父さんとお母さんとで引っ越すんだって。あのおうちは売ってしまうんだって」

「登美子ちゃんのお母さんはもうすっかり元気なのかい」

「うん、そんなふうに見えたよ。やっぱり、アビゲイルやなんかのせいだったのかあ」

「さあねえ、別の気煩《きわずら》いがあったのかもしれないし……。よく分からないね。とにかく、良くなってよかったよ」

「登美子ちゃんが引っ越すなんてほんとにもう、びっくりだよ」

「長く続いたおうちなのにねえ。あそこのおじいさんは本当に古い人形やお細工物がお好きでらしたよ」

おばあちゃんは、せっせと針仕事をしながらようこに語って聞かした。

「私もりかを手元においてから、人形には興味があったから、ときどき店で鉢合わせして、あの道具屋には今なにがあるとかいう話をすることがあった。そのうち、あのおじいさんが前々から欲しがっていた、人形浄瑠璃《じょうるり》に使われていた人形をねえ、手放してもいいと言う人が出て来たんだよ。その代わりに、古いお細工物の小さな博物館を開きたいからそういうものと交換してくれないかってね、私を通じて話があったのさ。おじいさんは喜んでねえ、柳行李《やなぎごうり》にいっぱい、細工物を届けて来た。それは見事なものだったけれど、その中に、奥さん――登美子ちゃんのおばあさんさ――の小さいときの衣装《いしょう》に付いていた背守も剝《は》ぎ取って入れたんだよ。奥さんに黙って。よっぽどあの浄瑠璃の人形が欲しかったんだねえ」

おばあちゃんは針をおいて、遠くを見るような目をした。

「見境がつかなくなる質《たち》だったんだねえ、業《ごう》の深いことだ。あちこちで因縁《いんねん》をつくってしまって……」

ようこは日本髪のことを思い出して、話した。

「そうかい、そういうこともあったろうよ。けれど、因縁も結局、縁だからね、なにがどう翻《ひるがえ》って見事な花を咲かすか分からないもの」

そう言って、お茶を一口飲むとまた針に戻り、

「登美子ちゃんのおばあさんにとっては、実の両親も亡《な》くなって今はつぶれてしまった昔の豪勢な時代の実家の、唯一《ゆいいつ》の思い出みたいなものだったらしい、その背守

はね、母親の手作りだったらしかったからね。それに比佐子さんかい、まだ小さいうちに亡《な》くしたご長女にも、その背守の付いた着物を着せてやっていたらしかったから、愛着はひとしおだったんだねえ。旦那《だんな》さんが処分してしまったと知ったときはだいぶ騒いでおられたけれど。その旦那さんが亡くなったときはお棺に例の浄瑠璃の人形もいっしょに入れていたが、どうもあれはねえ、あてつけのようで、もうひとつ、感心しなかったがね」

「ご長女の比佐子さんて、登美子ちゃんのおばさんで、アビゲイルに優しかった人ね」

「そう。でも、これだけ年月が経《た》つのに、奥さんもよっぽどのこと、思い詰めておられたんだねえ、思いが、あんなに小さい子の姿に出て来て、あれがないと家に帰れないなんて……」

そこだ。

「家ってどの家だろう」

「さあねえ……」

おばあちゃんはなんだかぼんやりとして見えた。

「でも、比佐子さんの通夜の晩、高島先生がアビゲイルをおいて行っただろう、そのアビゲイルの守《も》りを、汐汲《しおくみ》に命じたのは比佐子さんの母親のあの人だね。汐汲はあの人の人形だったんだ」

「汐汲はいいやつだったね、おばあちゃん」

「ああ、筋のいい、しゃんとした人形だった。結局あの人、登美子ちゃんのおばあさんは、死ぬ前にアビゲイルの始末までつけて行った。だがあの人がようこの家に居つくようになったのも、汐汲がようこの家に来ることになったのも、いろんな因《いん》果《が》が少しずつひかれあってのことだ、そうして最後には収まりがついたんだ」

「不思議だねえ」

「りかがいたからだよ」

おばあちゃんはあたりまえのように言った。

りかさんはにっこりと首をかしげた。

ようこもうなずいて、

「そんな気がしてた、私。でも、私、あの背守、よく見なかったんだけど」

「ああ、あれはヤモリだったよ」

背守にもいろいろあるけれど、とおばあちゃんは説明した。

「私はヤモリ好き。手がかわいいもの。でも、ふつうの人は気持ち悪がらない？」

「ヤモリは『家守』って書くからね」

おばあちゃんは手近にあった物差しで空中に書いて示した。

「へえ、ヤモリは家を守るのか」

ようこは感心した。

「ところで、ようこの家の雛壇《ひなだん》の具合はどうだい」

おばあちゃんはようこから少し目をそらすようにして尋ねた。

「そうそう」

ようこは忘れてた、と言わんばかりに大慌《おおあわ》てで言った。

「もう、全然前と違うの、ねえ、りかさん」

―ええ。

りかさんはうなずくようだった。

「そうかい、それはよかった」

「父さんにね、おばあちゃんが男雛《おびな》の冠《かんむり》を持って来た話をしたら、ほう、なんでまた今ごろ、って言ってたよ」

父さんはそのとき無関心を装《よそお》っていたけれど、ようこはいつもと違う父さんを感じてた。現にそのあと、夜中に母さんとワインを飲んだらしい。グラスが洗われずに流しにおいてあった。母さんはワインを飲むと朝なかなか起きられない。頭痛がするのだそうだ。ようこはそのこともついでにおばあちゃんに報告した。

おばあちゃんは苦笑していた。

「でも、なにが『なんでまた今ごろ』よねえ。自分で勝手に持ち出したくせにね。欲しかったら自分からとりに来ればいいのにね。犯行にしても中途半端だよね」

「そうだよ。男ってしようがないね、登美子ちゃんのところのおじいさんにしろ。考えが肝心《かんじん》のとこまでは及ばないんだよ。でもそれを責めちゃだめだよ、そんなもんなんだからね。こっちがそれと心づもりしていればすむ話だ」

—麻子《あさこ》さん、麻子さんったら。そんな言い方をして。

りかさんがたしなめるような声を出した。

次の日、おばあちゃんの家から帰るとき、ようこは一つ決心していた。

桜の老木を許してやるのだ。
直感だが、きっと、あの老木だって、アビゲイルに匹敵するぐらいの物語がある
に違いない。抱きしめて、それからあのときりかさんに教わったパワーで包んであ
げる。
だから、その角を曲がるときまではとても意気込んでいた。
が、角を曲がったとき、ようこは目を疑った。
老木があった場所がすっかり空っぽになっている。無惨《むざん》に切り残された葉をつけ
たままの細い枝があちらこちらに散らばり、その清冽《せいれつ》な香りが、伐採がついさっき
おこなわれたことを物語っていた。
ようこが呆然《ぼうぜん》と突っ立っていると、りかさんが、
—中がだいぶ腐ってましたからね、専門家が見て、道路脇《わき》にこのまま放置してお
くのは危ないってことになったんでしょう……。
と、慰めるように言った。
「でも、私……」
ようこは憤《いきどお》りとも悲しみともつかない、やり場のない思いに思わずこぶしを握っ

た。

「あの桜のこと、まだなにも知らないのに……」

—落ちた枝を集めて。

りかさんが優しく囁《ささや》いた。

—たくさん集めて。それを煎《せん》じて色を出しましょう。ようこちゃん、そういうの、好きでしょう。それから麻子さんに絹の反物少しもらって。染めましょう、それで私の着物をこしらえてもらう。私が桜の着物をいつも着るよ。

「でも、私は」

もっとやろうと思ったことがあったんだ。ようこはそう叫びたかった。

—ご供養《くよう》だよ。

りかさんは静かに言った。

ようこはしかたなく、落ちている分の枝だけ集めて両手に抱えるようにしてもう一度バスに乗り、おばあちゃんの家に向かった。

帰ったはずのようこが、すっかり意気消沈して、しかも枝をいっぱい抱えて戻って来たので、おばあちゃんは驚いた。

「どうしたんだい。かちかち山の狸《たぬき》みたように」

そこでりかさんがこれまでのいきさつを語ると、おばあちゃんはとても同情した。

「よし、じゃあ、りかの言うとおりそれを煎じようじゃないか。茄子《なす》漬けに使った焼きみょうばんがあったから、あれを媒染《ばいせん》にしよう。反物とか、鍋とか、準備するから、ようこはその枝をこのはさみと小刀《こがたな》で細かく刻んでおいで」

と言って、はさみと古新聞を渡された。

もうこうなったら行きがかり上しようがないので、ようこはのろのろと広縁《ひろえん》に古新聞をひろげた。

そして桜の枝を一本つかんだ。

ざらざらして、堅い。

でもじっとつかんでいると温かみが伝わって来る気がする。

その温かみは微《かす》かに残っている感じのもので、すぐにも消えそうなのだった。切られる前だったら、その温かみは波のように桜の樹《き》の芯《しん》から打ち寄せて来たのかもしれない。ようこにそれを感じる用意があったら。

……逃げよう逃げようとしていたから、こういうことも分からなかったんだ。

ようこは自分を責める。

「りかさん、はさみ入れられないよ、かわいそうで」

ようこはりかさんに訴えた。

――ご供養だから。そのままでも朽《く》ちて行くだけだから。桜に最後のチャンスだから。

そう言われて、ようこは作業を始めた。

細い枝はぱちんぱちんと切り、少し太めのものは小刀で削るようにした。

なにしろ子どものようこが両手でかかえるくらいの量の枝だから、それほど多いわけでもない。

おばあちゃんが途中で加わって、あらかた、めどはついた。

「よし、できたね。少ないけれど、りかの分の着尺《きじやく》ぐらいはあるだろう」

大鍋《おおなべ》に細かくした桜と水を入れ、火にかける。やがてぐらぐらと煮立って来る。

おばあちゃんが菜箸《さいばし》でゆっくりかきまわす。

「ようこもやるかい」

「……うん」

最初はあまり積極的でなかったようこも、お湯がぐつぐつとあぶくを出して煮立ってくる様子に、なにかが始まりそうな予感を感じ興味を引かれた。

透明だったお湯が、気づけばずいぶん黄色がかっていて、あれ、と思うまに茶褐《ちゃかっ》色《しょく》のようになる。つぎからつぎへと一瞬一瞬、微妙に色を変えて行く。目が離せない。

……まるで桜が、いっしょうけんめい自分の物語《すじょう》を話そうとしているみたいだ。

ようこはいつのまにか真剣に色の変化に向き合っていた。

やがて染液《せんえき》はしだいに赤みを帯びて来る。だがまだまだ渋い、褐色の入った色だ。

「もういいころだね」

おばあちゃんはそう言って、縮緬《ちりめん》の白生地《しろきじ》を沸騰《ふっとう》している鍋に入れた。

雪のように白く輝くばかりだった縮緬が、あっと言うまに茶褐色の液体に染まった。長い年月の桜の呻吟《しんぎん》がそこに凝っているようで、ようこはしんみりとした。

「しばらくそうやって菜箸でかきまわしておいで。私は媒染液《ばいせんえき》をつくって来るから」

そう言っておばあちゃんは後ろのほうでバケツに水を入れたり、なにかを混ぜたりしていた。

この桜はきっとこの濁った色のようにさまざまな苦労を背負って生きて来たのだろう。

いいかげん、ようこの腕も疲れて来たとき、

「いいよ、その縮緬を上げてこっちのバケツに移して」

と言われたので、ようこは言われたとおりにした。滴《しずく》がぽたぽた落ちるのはしようがない。

「じゃあ。上下よくひっくり返して」

ひっくり返すために一度菜箸で液から上げたとき、ようこは「あ」と声を上げた。縮緬がそれこそあっと言うまに、茶褐色から赤褐色《せきかっしょく》、赤紫がかった濃い赤へ、みるみる鮮やかに変化して行ったのだ。

「すごい」

ようこは目を輝かせた。

「へえ。以前に時々桜を染めたことはあったけどね、こんなのは初めてだね。染め

はおもしろいね。ほんとに、同じ種類の木でも一本一本、出す色が違う。しばらく浸《つ》けておいて、休憩しよう」

おばあちゃんは水屋を開けて、お茶の支度を始めた。

「私はいいよ、こうやって見ている」

「そうかい」

おばあちゃんは軽く言って、熱心にバケツにかがみ込むようにしているようこの姿をおもしろそうに見ていた。

縮緬はしばらくしてからもう一度染液で煮沸《しゃふつ》され、水洗いされて軒下の竿《さお》に干された。

三人――りかさんも――は、広縁《ひろえん》でぼんやりそれを見つめている。

「色がだいぶ、薄くなったねえ」

「染液の中にあるときは濃く見えるね」

おばあちゃんはうなずいた。

「きっと、きれいな淡紅梅《たんこうばい》になるよ。桜なのにね。しかもこの時期に。ちょっと変わってたね」

「おばあちゃん、どうして染めのこと、こんなによく知っているの」

「教師を辞めたころ、しばらくこういうことに興味を持ってたんだよ」

「そうか……」

と、ようこはうなずいて、それなら、と言わんばかりに、

「おばあちゃん、こうやって植物で染めたのと、普通のTシャツとかの色とは、随分違うよねえ。どうして？」

「それは化学染料と植物染料の違いだ。化学染料の場合は単純にその色素だけを狙《ねら》って作るんだけれど、植物のときは、媒染をかけてようやく色を出すだろう。頼んで素性を話して貰《もら》うように。そうすると、どうしても、アクが出るんだ。自分を出そうとするとアクが出る、それは仕方がないんだよ。だから植物染料はどんな色でも少し、悲しげだ。少し、灰色が入っているんだ。一つのものを他から見極めようとすると、どうしてもそこで差別ということが起きる。この差別にも澄んだものと濁りのあるものがあって、ようこ」

おばあちゃんは、何だか怖いぐらいにようこをじっと見た。

「おまえは、ようこ、澄んだ差別をして、ものごとに区別をつけて行かなくてはならないよ」

おばあちゃんの様子で、ようこはよく分からない言葉でも心に刻んでおかなければならないものがある、と感じている。

「どうしたらいいの」

「簡単さ。まず、自分の濁りを押しつけない。それからどんな『差』や違いでも、なんて、かわいい、ってまず思うのさ」

ああ、とようこはアビゲイルのことを思い出した。でもあのときのことはあまりにも重く大切で、今はまだ、簡単に言葉にしたくなかった。それで、そのことに焦点を合わせながら、直接それに触れないような言葉を自然に選んだ。ようこの人生で、言葉と感覚の、そのような微妙な操作が行われたのは、このときが初めてのことだった。

「そうしたら、『アク』は悲しくなくなるの」

「ああ」

おばあちゃんは遠い目をした。おばあちゃんは、ようこが自分で知らずに行った、この「離れ技」に気づいていた。けれど、それでも悲しそうだった。

「それは仕方がないんだよ。アクは悲しいもんなんだ。そういうもんなんだ」

そう言われると、ようこまで悲しくなる。けれど、それは本当のことだと、ようこの中の何かが納得する。

ようこは黙り込んでしまい、それがおばあちゃんの目にも少し悲しげに見えたのだろう、おばあちゃんは、

「ようこはもうすぐ、理科で『昇華』という言葉を習うと思うけど」

と、優しくゆっくり話しかけた。

「ようこがそうやって、頭でなく言葉でなく、納得して行く感じは、そういう『悲しいもの』が『昇華に至る道筋』をつけるんだよ。難しいね。でも、本当は簡単なことだ。簡単なことほど、言葉で言おうとすると難しくなる」

ようこは、おばあちゃんの話すことが全部「分かった」わけではなかった。けれど、おばあちゃんの、ようこを気遣う優しさがようこを力づけた。

「私、おばあちゃん、でも、ぜったい化学染料より植物染料の方が好き」

「悲しくても?」

おばあちゃんはほほえんで訊《き》いた。

「悲しくても！」

ようこははっきり答えた。

おばあちゃんは、不意に浮かんだ涙を、ようこに気取られないように庭を見つめた。

「人形にも樹《き》にも人にも、みんなそれぞれの物語があるんだねえ、おばあちゃん」

ようこはしみじみと呟《つぶや》いた。

「そうだね。哀《かな》しい話も、楽しい話もあるね」

「媒染《ばいせん》を変えたら、出てくる物語も違うんだろうか」

「おまえの心持ちによっても変わるだろうよ」

「え？」

―ようこちゃんは媒染剤みたいな人になれるよ。

りかさんは少し低い、けれどどこか嬉しそうな声で言った。

「じゃあ、いい色を出す媒染になりたいなあ。私、草木の、いろんな話が聞きたいなあ」

ようこは芽吹いたばかりの庭の柿《かき》の木の若葉を見ながら言った。

「そうか」

と、おばあちゃんは目を細めた。

生け垣の向こうからさっと一陣の風が吹き、若葉は白い葉裏をみせ、淡紅梅の縮緬はくるりと翻《ひるがえ》った。

—いい風。

と、りかさんは呟いた。

ミケルの庭

くすんだ漆喰壁に、柔らかな午後の光が動いてゆく。隣の家の小母《おば》さんが、ベランダの洗濯物の取り入れに開け閉めする、その戸に反射する陽《ひ》の光が、庭を挟んでうちの縁側の硝子戸《ガラスど》を抜け、障子紙を通ってミケルの寝ている部屋の壁まで到達する。ミケルは反射的にその光の動きを目で追う。隣の小母さんが、急いでいてしかも洗濯物が多いときは戸の動きも素早く、何度も繰り返される。余裕のあるときはゆっくりだ。ミケルには小母さんの家の事情は分からなかったが、壁に映る光に関して、いろいろなときがあるのは知っている。現れるとき。現れないとき。ぼんやり現れるとき。はっきり現れるとき。ゆっくり動くとき。早く動くとき。それは天気に定めがないように、一定の規則性を持たない。その拠《よ》りどころのなさはミケルを不安にする。けれどミケルを不安にするのはこればかりではない。一番不安になるのは「眠り」だ。「眠る」というのはどういうことなのか。あれは、今自分がいるこの世界と、どういう関係を持っているのか。ミケルは自分が眠くなるのが怖《こわ》い。引きずり込まれるような感じが怖い。思わず大声で泣き叫んでしまう。そうすると誰か来る。抱いてくれる。それはほんの少し、ミケルを安心させる。けれど抱いてくれる人の中にはミケルを更に不安にさせるひともいる。そのひとが自分を抱くと、不安な上に寂しくなる。ミケルはその人が近づくと用心するようになった。別にそのひとが自分に危害を加えるというのではない。けれど、そのひとの周りを取り巻く緊張のような気配が、ミケルの中の同種の緊張を喚《よ》び起《お》こすのだ。ミケルは泣かずにじっとその緊張に耐える。

あのひとは特別だ。あのひとは一体何なのだろう。

ミケルの注意はあのひとに集中する。

――ミケの夜泣きにも困ったものだ。

朝、珈琲《コーヒー》を入れつつ、与希子《よきこ》がため息をついた。

――赤ん坊にはそういう時期もある、って育児書には出てるけど、あんな力の限り泣く子なんて見たことない。

——そんな沢山赤ん坊なんて知らないくせに。

紀久《きく》が紅茶を飲みながら言う。ミケルはマーガレットの子どもだ。一歳になって乳離《ちばな》れしたのに安心したのか、肝心の母親は我が子を同じ下宿に住む他の三人に任せ、中国に短期留学に行ってしまった。本人も最初はさすがに、ミケルは連れて行く、と言っていたのだが、そうでなくても感じやすい赤ん坊を、不慣れな環境に追いやるのが忍びなく、皆で面倒見るから心おきなく勉強しておいで、と送り出したのだった。マーガレットが赤ん坊に対してとても緊張していたのを皆知っていた。子育てはやり直しがきかない、とばかり、完璧《かんぺき》を志してほとんどノイローゼのようになっていたのも。だから、マーガレットには両方の意味で悪くない機会だった。

とはいえ、引き受けてみたものの、いざ、夜泣きするその傍らに寝ていると、こちらまでいっしょに泣き出したくなる。

——そりゃそうだけど。あの子は特別よ。顔なんか、真っ赤を通り越して黒くなってる。それで体中震わせて泣く子なんて。

そのとき、二階から蓉子《ようこ》がミケルを抱いて降りてきた。

――あたしが何か。

と、蓉子はミケルの脇《わき》の下に手を入れ、自分の顔の高さに上げ、こちらを見せて揺すった。ミケルは、日本人の父親と、米国人の母親、マーガレットとの間の子どもだが、マーガレットがダークブラウンの髪だったこともあり、目鼻立ちが多少くっきりしているほかは、外見に関してはほとんど他の日本人の赤ん坊と変わらなかった。

――涼しい顔して。夕べの小鬼はどこに行ったのやら。

与希子がミケルのほっぺたをつつくと、蓉子は自分の頰《ほお》を膨らませ、

――与希子さんたら、ミケが泣き出したらすぐに私の所に連れて来るんだもの。

――あれでもずいぶん頑張ったのよう。

――みんな慢性の睡眠不足ね。

――でも、こんなかわいいかわいいミケルちゃんのためならしようがないねえ。

与希子がミケルを自分の腕に引き取って頰をすりよせた。それから脇の下をくすぐった。ミケルがくぐもった声で反応する。それは一見「笑い」のようだが、どこか機械的な反応のようにも見える。いわゆる普通の赤ん坊の「屈託のなさ」のよう

なものが、この子には感じられなかった。それを誰も、口に出しては言わなかったが、頑《かたく》なところのあるこの子の母親に似たのだろう、と皆それぞれ漠然と思って納得していたのだった。うっすらとした靄《もや》のような不安がこの子の周りを覆《おお》ってい た。けれど、若い女性ばかり四人の中に降って湧《わ》いたような赤ん坊の存在は、皆からほとんど盲目的な愛情を引き出して、その靄の存在など全く無視されていたのだった。機械的な反応であろうが何であろうが、これがミケルの笑いなのだし、それを個性的なこととごく自然に了解するほど、彼女たちにとってミケルのかわいさは揺るがないのだった。尤《もっと》もそれは誰にでも通じる愛嬌《あいきょう》あふれるかわいさではなく、そういう意味で言えばミケルは無愛想な子だった。未《いま》だこの世界のどことも馴染《なじ》まずに、あるいは馴染めずに、ただ自分が此処《ここ》にあることに戸惑っている、この子の持つそういう風情は、この下宿の女性たちの何かと深く響き合った。それを、「かわいい」という判断停止的ニュアンスで括《くく》りあげてしまう、そのことは、彼女たちの何かに対する防衛だったかもしれないし、健康的なことかもしれなかったけれど。

　彼女たちの集まる台所は、家の他の部分に比べて随分古いしつらえだった。居室や工房に当たる部分はつい最近、建て増した。古い家が台所部分だけ残して焼失したのである。

新しい家が建ったとき、表の門に小さな表札を出した。「染織《せんしょく》工房・f」。fはfive のfでもあるし、与希子に言わせれば、闘争と逃走、fight and flight のfでもあるという。

紀久は美大の院に籍を置いているが、与希子は大学を卒業して作家活動の傍ら、市民教養講座や民間のカルチャー教室の染織講座を蓉子と二人で教えている。基本的には週に三回だけだったが、そのために費やすエネルギーは莫大なものがあった。あらかじめ当日の朝までに染材を準備しておかなければならない。その染材は、すでに年度始めのスケジュール表に載せていたもので――四月の第一週、〇〇で帯締めを染める、とか――その頃には多分調達できるだろうと予定していたものだ。それが先方の（例えば手配を頼んでいた植木屋や、当てにしていた山の持ち主の）都合で手に入らなくなったり、天候不順が続いて思うように植物の生育が間に合わなかったりするときなど、今でこそ開き直って受講者にきちんと理由を説明し、手近な材料で無理なく実習を進めることも、ごく自然に出来るようになったけれど、最初の頃は本当に慌《あわ》てた。

草木染めの方は蓉子が講師で与希子が助手、織りの方は与希子が講師で蓉子が助手を務めた。ミケルは夜泣きこそすれ、昼間はおとなしいものだったので、籠《かご》に入れて教室まで連れていった。講座は大抵が子育ての一段落した主婦の集まりで、ミケルはそこで熱狂的な歓迎を受けた。この仕事は収入としては微々たるものだったが、そのようにある程度自由もきいたし、そこでの新しい出会いからたびたび注文もくるようになった。工房まで訪ねてきてくれて、作りおきの作品を買ってくれたりもする。請《こ》われて更に趣味のグループを教えに行ったりすることもある。相変わらず贅沢《ぜいたく》は出来なかったが、何とか細々食べてはいけた。

――昨日も講座の生徒さんに「ミケルちゃんってお名前、男の子のじゃないの」って訊《き》かれたわ。

――よく訊かれるわよね。私も最初、マーガレットに訊いたもの。

――私はみちるって女の子の友だちがいたから、それほど違和感なかったんだけど。彼女何て答えた？

――「男の子によく付けられる名前です。けれど法律でそういう規制はありません」って素っ気なく。

——マーガレットらしい。とりつくしまもない感じね。
——確かに今は変わった名前が多いから、それほど奇異な響きでもないかも知れないけど。

　紀久はため息をついた。全く変な感じだ。あのマーガレットが母親だなんて。そもそもの名付けからして、世の中と微妙な齟齬がある。

——何でも、マーガレットのお兄さんの名前らしいわよ。小さいときに亡くなったんですって。
——ミケが男の子ならともかく。
——だからね、あんまりそういうこと関係ない世界で生きて行かせたいんですって。

——まあ、わからないでもない、けどね。慣習や常識というものを馬鹿にしてはいけませんよ。逆らうと結構なエネルギーを取られるからね。ミケはそれほどじゃないけど、変わった名前なんか最初でつけられると、もう、一生の間、初対面の人にいちいち説明しなくちゃならなくなるからね。トータルで考えると膨大なロスよ。

——随分しみじみ言うのね。自分のことのように。

紀久がからかった。

——私も苦労したからね、名前では。

——与希子さんの名前、そんなに変わってないじゃない。

蓉子はゆっくり考えながら言った。確かにあまり聞かない名ではあるけれど。

——そう、なのにいろいろ言われるのよ。小さい頃から、よいこちゃん、とか、よきこにはからえ、とか、からかわれて。

だがそう言うほど本人は自分の名前を嫌っているわけでもないのだ、と、分かっていたので誰も同情しなかった。それよりも慣習や常識を馬鹿にするべきでない、という台詞《せりふ》が与希子の口から出たことの方が皆を呆《あき》れさせた。

以前の下宿が火事でほとんど焼けてしまったとき、新しく建て増しする部分の設計に、一番熱を入れたのが与希子だった。大家である蓉子の父が、工房として使いやすい構造にしようと寛大にも言ってくれたので、まず下宿のメンバーで叩《たた》き台としての設計図を描き、それからプロに相談しようということになったのだった。蓉子はもちろんのこと、紀久やマーガレットですら、前の日本家屋の思い出に引きずられて、新しい家についても似たような青写真しか浮かばなかったのだが、屋外で作業している感じを出すため総ガラス張りにするとか、大きな作品も作って飾れるように工房部分を吹き抜けにするため、階段はなくして居室にはそれぞれロフトのように梯子《はしご》で上がるようにしよう、だとか、あまりに奇抜なことを考えるので、紀久はその一つ一つについて、実現したらどんなに不便か、いちいち例を引いてあきらめさせたのだった。そして最後に、「一体、八十になって梯子をよじ登っている自分の姿を想像できる？」「……紀久さん、八十までここにいるつもりなの？」

「……」。

このときの与希子の逆襲に、紀久は何も返せなかった。

八十になったら自分はどこにいるのか。大体そんなときまでこの世に踏みとどまっていられる気は全然しない。けれど小さいとき自分が二十歳《はたち》過ぎまで生きている気も、やはり全然しなかったのを紀久は覚えている。

――でも、ミケルはいい名前だ。いい子の、いい名前だ。あんたの、名前だから。

蓉子がミケルに頬ずりした。

ふんわりして、しゅんしゅんした匂《にお》いの、柔らかい人がいる。ミケルはその人に抱かれるのが好きだ。その人に潜って隠れたい気がする。明るい光がパンパン弾けるような人もいる。その人は面白いと思う。それからミケルが緊張する人。一番よく抱いてくれていた人は今いないような気がする。それもミケルを不安にした。あのひとはこの目の前の三人のうちの誰かだったのだろうか。この人たちはいつも違う人たちなのだろうか。それとも本当は一人で、別れたり、一つになったりするのだろうか。光がそうであるように。こういうことをどうして確かめていったらいいのだろう。何か、何か、確かなもの、「世界」を始められる一等最初の確かな取りかかり、はないのだろうか。ミケルは何だか絶望的な気分になる。そうするとまた泣きたくなるのだ。なんでこんなところにいるのだろう。なにも分からないのに。そうすると、「あれ」がやってくる。「あれ」は三人とは違う。うまくミケルの視界に入ってこない。けれど「あれ」がくると、ミケルはいい気持ちになる。「あれ」は光の点々の集まり。美しい声の残響。「あれ」がミケルの傍らに来ると、ミケルは安心するのだ。でも、「あれ」が何なのか、三人のうちの一人が変化するものなのか、みんな合わせたものなのか、ミケルにはさっぱり分からない。世の中の始め方が、ミケルにはさっぱり分からない。

目覚まし時計が鳴っている。手を伸ばしてそれを止めながら、紀久はひどく喉《のど》が痛いのに気づいた。いや、正確には夜明け頃から、意識の切れ切れに気づいていたのだが、眠りの中に痛みを折り畳むようにしてごまかして寝ていたのだ。それが目覚ましの音で、意識と同時に、灼《や》けつくように痛さも覚醒した。立ち上がるとふらふらする。ああ、これは大分熱があるなあ、と測ってみたらはたして三九度を少し越えていた。階段を、一段一段壁により掛かるようにして洗面所まで降りて行くと、ミケルを抱いた蓉子に見つかった。

——どうしたの、紀久さん。気分悪いの？

蓉子の声が何処《どこ》か遠くで聞こえる。

——ミケを近づけないで。私、風邪《かぜ》ひいたみたい。

手真似《てまね》で後ろに下がるように言うと、

——わかった。今日は休んだ方がいいわ。熱のある顔してる。

——そうする。

　這《は》い上がるようにして階段を上った。梯子にしないで本当に良かったとしみじみ思った。布団《ふとん》に潜り込むと、しばらくして蓉子が上がってきた。

——葛根湯《かっこんとう》。

——……ありがとう。

　何とか上半身を起こして、湯気を上げている葛根湯を飲む。

——随分急だったわね。

——一昨夜からちょっとおかしいかな、とは思っていたんだけど。流行《はや》っているから、インフルエンザかもしれない。悪いけど、今夜ミケの番、頼むわ。小さい子に移したら怖《こわ》いから。

——わかってる、わかってる。ゆっくり寝てて。

——うん。

　それから随分寝ていた。余程熱があるのだろう、紀久は自分の体が浮いているような錯覚を起こした。眠っている、というより暴力的な力で気が遠くなっている、という状態だった。途中で蓉子が湯冷ましやお粥《かゆ》を運んでくれるのを夢うつつで応対した。結局それから三日間、寝たきりだった。

四日目の朝、与希子が顔を覗《のぞ》かせた。

——どう？

——うん、もう大丈夫。三七度台まで下がった。

——よかった。大変だったわね。まちがいないわ、インフルエンザよ。

——そうね。ミケはどうしてる？

——下で寝てる。会いたい？

——会いたい。毎日のように抱いたりおむつ替えたり離乳食食べさせたりしていたのにここ数日、顔も見てないんだから。解放されてほっとしたところもあるけど、それ以上にあの感触が懐《なつ》かしい。

——じきに嫌というほど抱かせて上げるわよ。

与希子は隈《くま》の出来た顔で不気味に笑った。

それから紀久は、久しぶりで本を読んだり、すぐに疲れてまた眠ったりして気が付いたら昼過ぎだった。喉が渇いていた。立ち上がってそろそろと階段を下り、台所へ行って水を飲んだ。隣の工房で水を使う音がしている。蓉子が作業をしているのだろう。与希子が機《はた》を織る音もする。またああいう機を始めたのか、とそのリズミカルな音に紀久は耳を傾ける。日常だ。戻《もど》ってきたのだ。

二階に戻ろうとして、工房の隅にちょこんと座っているミケルが目に入った。今、一歳と二ヶ月。摑《つか》まり立ちも覚え、ちょっとの距離ならたどたどしいながら歩けるようになった。倒れ込む前に足を動かした、という印象だけれど。日溜《ひだ》まりの中でぼうっと空中を見ている。空中に浮かんでいるきらきら光る塵《ちり》を、不思議そうに見ているのだ。何てかわいいのだろう。しばらく会わなかったので、触りたい欲求がどうしようもなく高まる。それは理性を越えたところのものだった。紀久は自分の中のその突出した動きを不安に思った。ミケルがこちらを見た。目が合った。思わず、

——ミケ。ミケル。

と呼び、にっこり微笑《ほほえ》み、両手を広げる。いけない、と、何かが頭の奥で叫ぶ。両手を広げた自分の腕に重なるようにして、何か、大きな、黒い鳥の翼のようなものが自分を覆うような気がする。ミケルがハイハイでこちらにやってくる。ミケルは嬉しそうだ。この子は滅多にこんな顔をしない。やはりこの子も寂しく思っていた

のだ。そう思うとなおさらのこと、抱きしめようとする動きが止まらない。けれどいけない、風邪が移るから、それはしてはいけないのに、と叫ぶ声が遠くで聞こえる。反対にすぐ顔の前の方で、ああ、なんてかわいい、と、自分でないもののように呟《つぶや》く声がしてぎょっとする。

……かわいい、かわいい、食べてしまいたいぐらいかわいいねえ。

ミケルがあっという間に近づく。微笑んでミケルを迎える自分の口元が悪魔のようだ。邪悪な、黒い、大きな鳥のようだ。紀久はぞっとする。けれどそれも、頭のどこかで。

気が付けば、ミケルを抱きしめていた。

――あらだめよ、紀久さん。

蓉子が慌《あわ》ててやってきて、ミケルを抱き上げようとした。

――もうだめよ、遅いわ。やってしまった。もう同じことなんだから、もう少し抱かせてちょうだいな。

紀久はミケルを離そうとしない。蓉子は、

――だめよ、紀久さん、それは、だめよ。

と、いつになく強く言ってミケルを取り上げた。紀久はハッとして、

——ああ、ごめん、ミケ。

と呟き、慌てて二階に上がった。その動きが早ければ早いほど、自分の失態が取り戻せるというかのように。

そして考える。風邪はほとんど治りかけていたし（けれど治りかけの風邪が一番移りやすいと言うではないか？）、抱いていたのはほんの一瞬だった。そんなに簡単に風邪って移るものだろうか。移るとしても、抱いてしまったものは元に戻らない。何だったのだろう、あの衝動は。

考えるのがつらくて、紀久はまた眠ろうとするが、頭の奥が異様に覚醒している。眠れない。それでもうとうとしていたのだろうか、気が付くと窓の外は暗くなっていた。階下が騒がしい。嫌な予感がする。すぐに体を起こすと世界が一瞬ぐらっと回った。その不確かな揺らぐ世界に楔《くさび》を打ち込むようにして起きあがり、階段を下りる。

——どうしたの？

——ああ、紀久さん、ミケが。熱があるみたいなの。

まさか、と紀久は半信半疑だった。いくら何でも潜伏期間というものがあるだろう。ミケルのそばによると、ぐったりして、顔が赤い。口を半開きにして、生温かな息を吐《は》き、おでこには汗で細い髪の毛が張り付いている。蓉子が脇《わき》の下から体温計を取りだした。

――三八度四分。

二人で顔を見合わせる。今までもミケルは風邪をひいた経験がある。そのときも病院に行かずに葛湯《くずゆ》などでしのいだ。

――葛湯はつくってあるの。熱いから今冷ましてるけど。

紀久は台所に行き、タオルを水で濡《ぬ》らして絞り、水枕《みずまくら》もつくった。工房横の和室に小さな布団を敷《し》き、ミケルを寝かした。

――葛湯を持ってくるわ。

蓉子がそう言って台所に行こうとしたときだった。ミケルの口から、まるで噴水のように液体が飛び出した。一メートル以上はあったかと思う。蓉子は無言で素早くタオルを取り、ミケルの口の周りを拭いた。ミケルが痙攣《けいれん》している。蓉子は泣きそうな顔をしている。

——こういう症状は赤ん坊にある、ってきいたけど。

紀久も、赤ん坊の育児事典で読んだことがあるような気がする。目の前で起こっていることがそれなのだろうか。

——病院に連れて行こう、蓉子さん。

紀久がきっぱりというと、蓉子は立ち上がり、

——車を出してくるわ。

といって、外へ出ていった。車は近くに駐車場を借りて停めている。染織《せんしょく》の道具を運ぶのにどうしても必要になって、友人の中古を譲って貰《もら》ったものだ。入れ替わりで与希子が駆け込んできた。

——ミケが熱だして吐いたんだって？　鉄砲水みたいに？

——……私が。抱いちゃったの。

——また何で。紀久さんともあろう人が。いやいや、そんなこと言ってる場合じゃない。紀久さん、まだ治りきってないんだから、病院には私が付いて行く。紀久さんは待っていて。

そう言って与希子は工房の箱の中から青いウールのショールを取りだした。与希

子が最近一番気に入っていた作品だった。それでミケルをくるんだ。大事な大事なミケルだ。

――外は寒いから。紀久さん、どこの病院がいいだろう。

――この時間だから。……そうだ、ずっと山手に車を走らせたところ、踏切越したところに救急病院があったでしょう。あそこは？

――わかった。じゃあ、行ってくる。

そう言って、ミケルを抱いて出ていった。

紀久は大きく息をつく。慌ててはいけない。ミケルには初めてのことだったが、赤ん坊が痙攣を起こすのはよくあることだと育児書に書いてあったではないか。ええと、熱性痙攣、とか。今夜は一階の和室で寝かせよう。水回りが便利だ。もう風邪をひいてしまったんだから、夜は私が看《み》よう。最近、あの人たちに任せきりだったから。

和室にストーブを出して、部屋の乾燥を防ぐためにやかんも置いた。和室に自分用の布団も敷いた。そしてそのまま横になった。これだけ動いただけで、体力の消耗を感じる。ずっと寝ていたせいだろう。

この晩のそれからのことを、紀久はその後何度も思い出す。一瞬一瞬を、まるでコマ送りのように。

玄関の開く音がした。蓉子たちが帰ってきたのだ。与希子が真面目《まじめ》な顔をしてミケルを抱いている。くるんでいるのは違う柄のショールだ。ミケルは弱々しい声で泣いていた。

——どうだった。

——ひどい医者。吐いたって説明してるのに、ものすごく乱暴な手つきで金属のヘラをミケルの喉に突っ込むの。弱ってるミケルはたまらないわ。途端にすさまじい勢いで吐いて……。

紀久は自分の顔が夜叉《やしゃ》のようにきりきり引きつってゆくのを感じた。

——それでも看護婦さんは同情的だった。すまながっているようにさえ見えた。ぐしょぐしょになったショールの替わりに、別のショールを出してくれたの。

——で、やっぱり風邪《かぜ》？

——たぶん。インフルエンザかどうかは検査しないと分からないって。でも、今度のインフルエンザは感染力がものすごいんですって。免疫力の弱い赤ん坊なら……。

ひとたまりもないだろう、と続けようとして、紀久の顔を見て口をつぐんだ。

——風邪ぐらいでいちいち救急を使うな、って言わんばかりだった。解熱剤とかは出してくれたけど。

——飲ませる？　でも、やたらに解熱剤使わない方がいい、熱で菌を殺すからっていうよ。

——でも、子どもの熱って怖《こわ》いとも言うから。

与希子は呟いて、

——どうだろう、一応飲ませた方がいいんじゃないかなあ。

——マーガレットがいたら、絶対飲ませないと思う。

蓉子が珍《めずら》しく言い切った。紀久は、

——でも、何かあったら……。やっぱり、飲まそう、こんなに苦しそうにしてる。

ミケルは、助けを求めているように微かな声を上げて泣いていた。蓉子は降参した。薬の前に重湯を飲ませようとしたが、ほとんど受け付けない。それでも何とかリンゴ果汁を口に含ませ、その後薬を定量飲ませた。

もうここまできたら、私が看ても同じことだろう、蓉子はこのところずっとミケルに付き合っていたのだから、今日はゆっくり寝た方がいい、と紀久が主張し、蓉子も折れた。

ミケルはしばらく力なくぐずっていたが、やがて眠りに入ったように見えた。紀久も横になった。硝子戸《ガラスど》で仕切ってある工房では、与希子が羊毛を紡《つむ》いでいる。

……かわいそうなミケル。私のせいでこんなことになって。

紀久はミケルに頰《ほお》ずりをする。この子の具合の悪い、こんなときにこんなことを思うのは不謹慎だけれど、泣かないミケルを抱いて眠るのは好きだ。体の奥の深いところが満たされる感じがする。

――うるさくない？　眠れる？

与希子が硝子戸を少し開けて訊《たず》ねた。

――だいじょうぶよ、機《はた》の音に比べれば。

――和室の灯り、つけたままでいいの？　消してあげようか。

——だいじょうぶ、そのままにしておいて。

その方がミケルの様子がよく分かる。与希子はうなずくと、そっと戸を閉めた。紀久はやはり、この四日ほど、ずっと床《とこ》についていたのが急に動いたので、少し疲れたのだろう、ミケルの眠りに誘われるようにしていつの間にかうとうとと目を閉じていた。

気が付いて時計を見ると、夜中の二時に近かった。ミケルは、と、見ると、眼をぱっちりと開けている。なんてかわいらしい、こんなにぱっちりと開けて、と思わず隣でまだ作業をしているらしい与希子を小声で呼んだ。

——……与希ちゃん、与希子さん、来て来て。

工房から聞こえていた、そう大きくはないけれども羊毛を紡ぐ規則的な音が止み、与希子が硝子戸を開けた。

——どうしたの。

——見て、ミケを。

このかわいいこと、と言うつもりだった。が、ミケルを一目見た瞬間、与希子の顔に緊張が走った。

——瞳孔《どうこう》が開いている。救急車を呼ぼう。

早口でそれだけ言うと、紀久の返事を待たずに、急いで電話に向かった。

……瞳孔が？　開いている？

パッチリと開けてかわいい、と思ったのは瞬《まば》きをしていないからだった。その自分の思い違いの異様さに、紀久は愕然《がくぜん》とする。動悸《どうき》が激しくなる。電話を終えた与希子は二階に向かって蓉子を呼ぶ。それから戻ってきて、ミケルの鼻に手をかざし頰を近づけ、低い声で、

……息をしてない。何か、喉に詰まらせたのかもしれない。吐瀉物《としゃぶつ》か何か。

あっという間にミケルの足を持ち、逆さまにして背中を叩《たた》き始めた。

——出して！　ミケ！　出すのよ！

すさまじい顔だった。与希子のそんな顔は初めて見た、と、紀久は頭のどこかで冷静に見つめている。けれど、自分も与希子と同じ声を出している。きっと与希子と同じ顔をしているのだろうと思う。

——出すのよ、ミケル、出して！

二階から降りてきた蓉子が呆然としている。紀久が事情を説明すると、

――私、表で救急車を誘導するわ。

と言って、あっという間に出ていった。

――だめだ……。硬直が始まった。

それまで不動明王のようだった与希子は、そこで初めて泣き声で呟《つぶや》いた。そしてものすごい力で嚙《か》み合わさろうとするミケルの上顎《うわあご》と下顎の間に、舌を嚙み切らせまいとして、自分の指を突っ込んだ。鮮血がほとばしった。見る見る布団《ふとん》に血溜まりができていった。

――割り箸!

紀久は台所に走った。そして世の中にこれ以上重要な用事はないかのように割り箸のことだけを考え、走って戻り、その割り箸を与希子の指の代わりにミケルの口に差し込むと、

――人工呼吸は?

と、紀久が言うが早いか、与希子はミケルを寝かせ、鼻をつまみ、口に空気を入れ始めた。

――ああ、だめだ、だめだ。

与希子は呼吸の合間に、泣きながら呟く。紀久は大声でミケルの名を呼ぶ。玄関の方が騒がしくなったのと、ミケルが急に、ひぃーと息を吸ったのはほとんど同時だった。与希子と紀久は大声で叫んだ。

――ミケル！　ミケル！

この子を呼び戻すのだ、声の限りを出して。呼び戻すのだ。今ならまだ何とかなるかも知れない。呼び戻すのだ。紀久は腹に力を入れて叫んだ。まるで呪術師のように。

――ミケル！　ミケル！

ミケルは、ひぃー、ひぃーと声を出して――それは声というより、呼吸しようとする努力の音だったのかもしれない――右手を高く挙げた。右手が、硬直し、痙攣《けいれん》していた。

――ミケ！　ミケル！

そこへ、蓉子が救急隊員を連れて入ってきた。隊員はすぐさまミケルを車に運び、紀久たち三人も乗り込んだ。車はのろのろと動き出した。ミケルは運び込まれたまま、寝かされている。運転席の方で、隊員が小児科医の宿直している病院を無線で

探している声が車内に響く。そばにいる隊員に、蓉子が経過を説明する。聞いていた隊員は顔を曇らせ、

——赤ん坊がインフルエンザの時には、ある種の解熱剤は……。まあ、後で担当の医師が確認するでしょうが。

搬送《はんそう》先の病院がなかなか見つからないようだった。

——もしどこもだめだったら、さっき行った救急病院なら医師がいましたけど。

と、与希子がミケルを連れていった病院の名を告げる。隊員たちが顔を見合わせる。

——……いや。

と言って、更に他の病院を当たり始める。その様子を見て、紀久は直感で、その病院の評判の悪いことを悟った。

……何ということだろう。その病院を提案したのは私だった。その病院の処方の解熱剤を飲むように勧めたのも。そして、このミケルの病気のそもそもから、私はまるでミケルのこの小さな命を危険にさらす方にばかり動いている。

紀久はぞっとした。ミケルは紀久の昔の恋人とマーガレットの間の子どもだった。だがそのことは、すでに乗り越えていたはずだった。それがこういう思いも寄らぬ

ときに、こういう出方をするのか。まるで後を追って地の下を這《は》ってきた蛇《へび》が、突然目の前にその姿を現すように。こんなものまで、繰り返さなければならないのか。……私はミケルの存在を本当のところでは受け入れていなかったのだろうか。いや、そんなはずはない。けれど、本当のところって、どこだろう。そんなタマネギの皮を剝《む》くような……。

受け入れ先の病院が定《き》まったと見えて、救急車は急にサイレンを鳴らし始めると、猛スピードで走り始めた。赤信号も全て無視だ。

……ああ、もうこの四つ角まで来た。何て早いんだろう……。

紀久はぼんやりと窓の外を見てそんなことを思った。

——酸素をやってください。自発呼吸がなかったんです。今でもこんなに苦しそうです。

与希子が切羽詰まった声で救急隊員たちに頼む声が聞こえる。

——それは、できないんです。

——何故《なぜ》？

与希子の声が上がる。

——酸素をやらなければ、脳に……。お願いします、やってください。

救急隊員はこういう感情的な対応には慣れていると見えて、

——そういうことは規則で出来ないんです。かえって悪い影響を及ぼすこともありますから。

と伏せた目のままで答える。

ミケルの麻痺した右手が震え、ひぃーと言う声が弱くなる。蓉子が唇を噛んでいる。ミケルに被せようと持ってきたショールを握る手が小刻みに震えている。三人とも頭のどこかでマーガレットに知らせなければと思っている。けれど、この状態をどうやって説明するのか。せめてもう少し——小康状態になったとき——けれど、そんなときがくるのだろうか。マーガレットに知らせなくていいのか。一生彼女に恨まれるようなことになってもいいのか。蓉子の両親に助けを求めた方が良かったのではないか。それとも近くに住む誰かに？

時間が、様々な可能性を引き連れて、まるでスローモーションのように目の前をゆっくり流れてゆく。今此処《ここ》で、もし「最善の行動」をとれば、事態は大きく変化するかもしれない。けれど、何を、どう？　一瞬一瞬が分水嶺で、ありとあらゆる選択肢が一斉に立ち上がる。その中をただ一つの現実が先頭を行く馬のように走り抜けて行く。

車は隣町の総合病院の車寄せに着いた。隊員たちがばたばたと車から降り、病院の内部に連絡を取っている。病院の中は一部に灯りがついているものの、薄暗く閑《かん》散《さん》としている。隊員の一人がミケルを抱き、救急用のドアから中へ入って行く。誰もいない。小さな物音が、館内に長く響いてゆく。やがて広く長い大階段から、初老の医師が、まるで目的のない散歩のように一段一段ゆっくりと降りてくる。紀久はそのゆったりした動きを見ながら思う。夜中に急に起こされて、意識がまだはっきりしないのかもしれない。それともこういうことは日常茶飯事で、いちいち緊急態勢を取っていては体が持たないのかもしれない。だが、与希子はあっという間に階段を駆け上がり、半分泣き声で、

――急いでください、早く、診《み》てやってください。

と、医師を背中から抱えるようにして、急がせようとした。ほとんど錯乱状態のようにも見えた。医師は驚き、明らかに不快そうだった。与希子にとっては、刻一刻を争う緊迫の時間だった。だが医師にはそうでなかったのだろう。それが、今更容

態の急変はないだろうという臨床的経験によるものか、単に人間性の問題なのか、偶々《たまたま》このときの彼の側の事情によるものか、紀久は漠然とそんなことを考えていた。

ミケルはCTと脳波を取られることになり、皆で検査室への長い廊下を歩きながら、その医師は紀久に、

――あの方、何か病気を持っておられるのですか。

と小声で訊《き》いた。与希子のことだ。紀久は医師と自分たちの世界との温度差を痛いぐらいに感じた。

――いいえ。でも、混乱しています、私たちは。

……かわいがっていた小さな子どもが危ない状態になっている、そういうとき多くの人が必死になるように。

そう心の中で続けながらも、紀久は、自分は与希子のようになりふり構わず行動することのできない人間なのだ、とはっきりと思い知らされた気がした。

CTの結果、ミケルは脳浮腫《のうふしゅ》を起こしていた。脳が腫《は》れ上がっていて、脳波は検査紙の上限と下限をまるで力一杯地面に叩きつけたピンポン玉のように乱暴に飛び跳ねていた。

素人目《しろうとめ》に診てもそれがとんでもない異常だということは分かった。

――髄膜炎《ずいまくえん》の可能性は薄いと思いますが、万が一のため、腰椎から髄液を採取します。ただ、それは更に脳圧に影響を与える危険性がありますが……。

――やらないといけないのですか。

――治療方針をたてなければなりません。

ミケルは処置室に連れて行かれ、蓉子たちは中に入れずに外で待った。突然、ミケルの悲鳴のような泣き声が一瞬響いた。本当にそれは一瞬だった。腰椎に針がたてられ、またすさまじい痙攣が起こったのだ。ドアは開け放たれているが、駆けつけた複数の医師が台の上のミケルの体に覆い被さるようにしているので、外からは事態が飲み込めない。

……病院の中は何て薄暗く、静かなのだろう。ミケルのいるその辺りだけ、何て明るく、騒がしいのだろう。こんなことになって、あんな脳波の状態で、たとえミケルが元気になったとして、それは元の、私たちのミケルなのだろうか。戻ってくるミケルは、また全然別のミケルになってしまうのではないだろうか。もしそうだとしたら、私たちのあのミケルはいったいどこに行ってしまうのだろう。私はあのミケルに戻って欲しい。他の子なんかいらない。いやいや、マーガレットはどう思うだろう。全然違うミケルになったとしても、それでもマーガレットは、ミケルに何とか生きていて欲しいと思うだろうか。

紀久はまだ下がりきっていない熱に浮かされたような状態で、とりとめもなく考える。そういうふうに、意識が真っ直ぐ核心に向かうのを逸らさなければ、罪意識のあまりその場に崩れてしまいそうだ。駆け足で出入りする看護婦たちが、紀久たちに声をかけてゆく。

――だいじょうぶですよ。

あまりに情けない姿なので、励まそうとしてくれているのかもしれなかった。その言葉にすがりたい。長い長い時間がたったように思えた。実際はもっと短かったのかもしれない。まるでキャンディーにたかる蟻のようだった医師たちも、ぽつぽつと自分の本来の持ち場へ帰り始めた。なんとかとりあえずの危機は逃れたのだ。しかしまだ予断は許さなかった。ミケルの意識は戻らない。

――集中治療室に移します。ここしばらくが山場です。今は何とも言えません。

医師の説明が遠くで響く。

——長丁場になるかもしれませんから。

看護婦が、覚悟をするように言う。その言葉で、与希子は急に正気づいたかのように、

——蓉子さんも紀久さんもパジャマのままだから、とりあえず、私、大急ぎで着替えとか取ってくるわ。マーガレットにも連絡してくる。蓉子さんのご両親にも。

もしこれが一人だったら、与希子もここまで気が回らず、錯乱したまま打ちひしがれていたかもしれない。チームでいるというのは、自分が全体の中のあるパーツを請け負うことでもあった。それに、何より与希子にはこれ以上、ここでなにもできずに座っているという状態が耐え難かったのだ。

——わかった、お願いね。マーガレットには、とりあえずの危機は脱したって伝えて。

それがどれほどの慰めになるか分からなかったけれど、与希子はうなずいて、病棟を出ていった。

——私、お手洗いに行ってくる。

蓉子もそう言って歩み去っていった。

紀久は一人になった。処置の前に脱がした、血で染まったミケルのベビー服を手に握りしめたままだ。もっともその血の大半は、与希子のもので、与希子はすでに看護婦から指の手当をして貰《もら》っていた。

……もし、ミケルが帰らなかったら、これは、一生私が引き受けてゆこう。

廊下のベンチに座り込んで、両手で顔を覆う。何てこと。本当に、何てことをしてしまったのだろう、かわいいミケルに、と思う。

「かわいい」という言葉の、その向こうには、きちんと検証されないで放っておかれた厖大《ぼうだい》な闇《やみ》が屈《かが》んでいる。紀久は「かわいい」と思いつつ、まだ健《すこ》やかだったミケルを抱きしめた病んだ自分を、「かわいい」と思い瞳孔の開いた仮死状態のミケルを見つめた自分を思った。まるで寸時に入れ替わるからくりの能面のようだ。鬼《き》子母神《しもじん》と観音。別に今初めて発見したからくりではない。だが許せないと思う。自分はこんなもの、と、ここで高みから悟って自分を受け入れ、達観してはいけないとも思う。今、この状態でその作業にかかれば、それは逃《に》げだ。許せない思いをずっと抱え続けねばならないとも思う。

そうだ、許せないと思う。蛇につきまとわれて生きる自分が。それを蛇として切り離して見る自分の、生体としての工夫や人間としてのしたたかさや女性としてのずるさが。ミケルが生まれてこの方、目の端をちょろちょろと這っていた蛇を、意識と無意識の境に出没していた小さな蛇を、知らなかったとは言わせない。けれどコントロール出来るつもりでいたのだ。ただ、たかをくっていたのだ。紀久の中の誰かが必死で声を上げる。穏やかな春の海に現れた小さな渦が、見る見るすさまじい渦に変容してゆく様に、自身目を奪われていたことを、責められるのだろうか。手をこまねいてみていたと、糾弾されるのだろうか。それは自然現象の一部ではないか。しかしその自然現象は、はっきりと自分の管轄内で起こったことなのだ。

蓉子がそばに来て座った。しんとした夜明け前の病棟の廊下。響く足音。こんなことが前にもあった。そうだ、ミケルが生まれたときだ。そのことを言おうとしたら、蓉子が柔らかな落ち着いた声で先に呟《つぶや》いた。

――よかった。紀久さんがミケと寝てくれていて。

紀久は顔を覆っていた手をずらして蓉子の方を向いた。あまりにも意外な言葉だった。

――……どうして？

自分はどんなに責められても仕方がないと思っていたのに。

声がかすれた。

——私だったら気づかずに、ミケが静かなのをいいことに、朝まで寝ていたかもしれない。ううん、絶対そうなっていた。さっき看護婦さんが言ってた。普通はあのまま、朝発見されて、突然死ということになってしまうって。紀久さんがミケルのことをかわいいと思って、与希子さんを呼ばなかったら、少なくともミケルはもう死んでた。紀久さんがミケルをかわいいって思った気持ちがミケルを救ったのよ。

蓉子の手が紀久の背中を撫《な》でた。

何故この人はこういうとき、的を外さず真っ直ぐくるのか。紀久は敵《かな》わないと思った。息を小さく吸い込むと、吐く息が思わず嗚咽《おえつ》に変わった。

蓉子の手は確かさに満ちて力強い。まるでその上から、何世代もの女たちの手がふわりと重なっているかのように。涙が止まらない。

ミケルは何だか気持ちのいいところにいる。

ここのことを随分怖く思っていたのだが、一番怖いところを通り越してしまうと、そうだった、ここのことを覚えている、前にいたところだ、と思う。なぜ怖く思ったかというと、体中に変な圧力がかかり、それから自由になり、その自由の感じに慣れるのに、何だかひと仕事、という感じがするからだ。もちろん、そういうことを全部言語化できていたわけではなかったが、そのひと仕事の感じが前もって予感できたので、ミケルは怖かったのだった。怖かったから随分泣いた。でももういい。終わったから。ミケルはふうっと眠くなる。眠くなると夢を見る。何にもない明るい世界の夢を。そしてそこでもふうっと眠くなる。そしてまた明るい世界の夢を見る。そうやって、いくつもの夢をくぐり抜《ぬ》けながら、ミケルは芯《しん》の芯のようなところに辿《たど》り着いた。

そこは「あれ」の世界だった。どこかで「あれ」が待っていてくれるというのはわかっていた。真っ白くて気高い光の集まり。それがその場所全体に満ちていた。やっぱりここに来たのだ、という思いにうっとりしていると、その光の集まりがすうーっと四方に散って、その間から、ミケルのよく知っている家の中が見えてきた。それから、それがどんどん下に下がって――言ってみればミケルの視点がどんどん上がって――ミケルは家を取り囲む庭を見下ろしていた。

ミケルは庭という言葉を知っていた。それが「お外」とどう違うかと言われるとよくわからなかったけれど。家の人たちは、お外で遊ぼう、とか、庭で日向《ひなた》ぼっことか、同じ場所のことを言っているように思えた。「お外」のときは、誰かが必ずそばにぴったりついているけれど、庭のときは、ミケルは比較的自由に遊べた。ミケルは庭が好きだ。不安な気持ちも確かにあったが、風が吹いて、植物がざわざわする音が好きだ。お日様が地面を温めて、それが立ち上ってくる感じも、いろいろな木々がそれぞれ匂いを濃くしてゆく感じもいい。そうだそうだ、少し、遊びたいなあ、という感じが起こる。遊ぶ、と言っても、裸足《はだし》で立って、二、三歩歩いて、お尻を着いて、また何かにつかまって立って、ということの繰り返しだけだけど。

視点は更に上がって、道路が見える、川が見える。ふうん、こう繫《つな》がってゆくのか、と、ミケルはただじっと見ている。山が見える。山の向こうにまた町が拡がる。やがて海が見える。海の向こうにもまた……。

庭がどんどん繫がってゆく！　ミケルは嬉しくなる。繫がりを知ることは世界に踏み込んでゆくことだった。海の向こうに白い峰を頂いた山脈が、そして砂の大地が、人々の暮らしが、どんどんどんどん拡がって、ミケルの庭と繫がってゆく。世界は拡がった庭なのだった。

ミケルは何だか笑いたくなった。きゃっきゃっと、笑いたい気持ちが止まらない。

庭！ なんて面白そうな庭！

ミケルはふと、その「庭」が、「あれ」の細い細い蔓《つる》で覆われていることに気づく。細かい細かい光の粒子の蔓で。そしてぴったりそれに寄り添う何か黒いようなものも。もちろん言葉には出来なかったが、それは不可分のものなのだとミケルは直感的に受け入れた。ちょっと厄介な感じもするけれど、それでもミケルはこの蔓につかまって庭に降りたいような感じがした。一旦《いったん》その感じがすると、ミケルは何だかどんどんどん力に満ちてくる気がした。愉快な蔓！ うねって、あちこちから同じような葉っぱを出して、それが透明に近い白銀《はくぎん》に輝いている。これもまた、「あれ」の一部だということを、ミケルは直感する。それよりも何よりも、その庭は魅力的だった。そしてミケルは、自分がその蔓につかまって行くのだ、と決意とも直感ともしれない気持ちが湧《わ》くのを覚える。繋がっている庭を確かめたい。ミケルはどうしようもなくその蔓に惹《ひ》かれる。手を伸ばして、その一番先を、摑《つか》もうとする……。

病室の硝子窓《ガラスまど》から、灰色の雲に覆われた冬の空が見える。紀久は点滴と酸素吸入を受けて眠っているミケルの傍《かたわ》らにいた。もし、ミケルがこちら側に戻ってくれたら、と紀久は必死で祈る。もし、ミケルが戻ってくれたら、私はいつか、私の知り得た全てのことをミケルに伝えよう。結婚もするまい。子供もつくるまい。私にはミケルに伝えたいことがある。だから……。

風が硝子戸を叩《たた》き、乾いた音がした。紀久はそちらに一瞬目を遣《や》り、またミケルに視線を戻して、思わず息を呑んだ。ミケルがうっすらと目を開けていた。あまりに突然だったので、一瞬信じられなかった。けれど、確かだ。ミケルは目を開けていた。しかも黒目はしっかり中央に留まっている。思わず名を呼びそうになる。ああ、焦《あせ》ってはいけない、まだ意識は戻っていないのかもしれない、この目は何も見ていないのかもしれない。そう思い、ミケルの目の前で指を振る。ミケルの眼が、ゆっくりと、けれど明らかにそれを追う。見えているのだ。

……神様。

紀久の唇が震える。

ミケルの小さな手が、目の前で動く紀久の指を摑もうと、そうっと、たどたどしく伸ばされてゆく。

解説

小林すみ江

「あなたにとって、人形とは何ですか?」

これは平成七年、横浜市の観光施設「横浜人形の家」の学芸員が、入館者に対して実施したアンケートのテーマです。設問は、

「あなたが人形から感じるものは?」

「人形とは一体何でしょう?」

などの十項目でした。

この時寄せられた千二百件近い回答による調査結果は、同年の日本人形玩具《がんぐ》学会の総大会でも報告されましたが、おそらくこれが人々の人形への「思い」を正面から問いかけた、日本初の調査だったでしょう。またそれは大変興味深い結果を示していました。

「人形から感じるものは?」の問いに対し、女性は上位から「安らぎ」、「夢」、「楽し

み」、男性は「安らぎ」、同数で「恐れ」と「美」、「楽しみ」の順で答えています。

また、「人形とは何？」という問いに対する答えを一つに集約すると、「可愛《かわい》らしく、美しいが、時にはこわいと感じることもある。平生《へいぜい》はよき友であり、よき遊び相手であるが、必ずしもそれだけに留《とど》まらず、時として心を映す鏡であり、また自らの分身でもある」と、そこにはまさに「心のよりどころ」としての人形の存在が浮き彫りにされていました。大多数の人々は、その愛する人形にかくも深い自身の「思い」を預けていたのです。

では、立場を変えて、人の「思い」を預けられた人形たちは？　これこそがこの『りかさん』という作品を貫くテーマではないでしょうか。

人形とは心を映す鏡。時に自分の分身。前記のアンケート結果は、人に対する人形の役割を奇《く》しくも言い当てているかのようです。それはいわば、古来日本の人形の原点といわれる祓《はら》いの「形代《かたしろ》」にも通ずる、人形自身が負う業《ごう》といっても過言ではないでしょう。しかしながら、もの言わぬかれらは、人から託されたずっしりと重い荷を、いったいどう抱いて行ったらよいのでしょうか。

◇

『りかさん』は二つの物語に分かれます。

主人公である小学生の「ようこ」に、「おばあちゃん」が雛祭《ひなまつ》りに贈った古い市松人形「りかさん」。そのりかさんは、ようこだけとひそかに会話を交わすことの出来る、世にも稀《まれ》なお人形なのでした。

第一の「養子冠《ようしのかんむり》の巻《まき》」は、りかさんとようこの出逢いに始まり、ようこの親友・登美子ちゃんのお家の雛壇のお話へと進んでゆきます。少女の神隠しを記憶している人形、盗まれて藪《やぶ》に捨てられた哀れな過去を持つ官女、若い男女の恋の橋渡しを勤めた古い享保雛《きょうほうびな》、悲しい思い出を胸に遠くイギリスを経て日本にやって来たフランス生まれのビスクドールなどなど、古い人形たちが次々と現れて、その思いの歴史を切々と語ります。

第二の「アビゲイルの巻」は、昭和二年にアメリカから日本に贈られて来た、いわゆる「青い目の人形」の後日譚《ごじつたん》です。当初は晴れの親善使節として大歓迎されながら、日米開戦後は心ない大人たちによって竹槍《たけやり》で突かれる運命となり、火に投じられた、かわいそうなアビゲイル。また、登美子ちゃんの亡《な》き伯母で、アビゲイルをこよなく愛した少女の死。そして、無惨《むざん》に焼け焦《こ》げたアビゲイルをけなげにも台の下に隠して、長い長い沈黙を守ってきた汐汲《しおくみ》の舞踊人形。りかさんにすすめられるまま、ようこがやさしく抱き上げてやると、不思議やアビゲイルは静かに灰に帰るのです。それは人間たちの愚かな行為から生じた、悲劇の人形物語でした。

こうして、登場する人形たちが内深く秘める、それぞれの物語。またそれを不思議なスクリーン映像でようこに示してくれる、賢くもやさしいりかさん。そのりかさんに導かれて、幼いようこは人の、ひいては人形たちの、心の深奥《しんおう》を知るのでした。

◇

もう一人、人形を通じて人の世のありかたをさりげなく説き明かす、人生の先達・ようこのおばあちゃん。折節の会話には、すぐれた人形論ともいえる〝おばあちゃん語録〟がさりげなく織り込まれ、それがこの作品に一種の奥行きを与えています。たとえば、

「(りかは)とてもいいお人形です。それはりかの今までの持ち主たちが、りかを大事に慈《いつく》しんで来たからです。ようこちゃんにも、りかを幸せにしてあげる責任がありますよ」

その小さな体に思いを預ける以上、人には人形を慈しむ責任が生まれる。そしてその愛があればこそ、人形は重荷に耐えて微笑《ほほえ》んでいられる。本作品のテーマの答えは、まさにここに示されているでしょう。また、

「人形の本当の使命は生きている人間の、強すぎる気持ちをとんとん整理してあげることにある。木々の葉っぱが夜の空気を露に返すようにね」「気持ちは、あんまり激しいと、濁《にご》って行く。いいお人形は、吸い取り紙のように感情の濁りの部分だけを吸い取って行く。これは技術のいることだ。なんでも吸い取ればいいというわけではないから。いやな経験ばかりした、修練を積んでない人形は、持ち主の生気《せいき》まで吸い取りすぎてしまうし、濁りの部分だけ持ち主に残して、どうしようもない根性悪《こんじょうわる》にしてしまうこともあるし」

人形の使命と、その良否を語るこれらの言葉は、かれらの持つ大きな役目「癒《いや》し」にも関わる、一つの卓見といえましょう。すなわち、心を安らがせる人形こそがよい人形であり、また持ち主から愛情を注がれた人形は、おのずとやさしい表情になって行くというのです。ここでおばあちゃんは、さきのアンケート結果にも共通する、日本人の抱く平均的な人形観をぴたりと言い当てているようです。(余談ながら、仕事柄さまざまな人形に接することの多い私にとっても、この〃おばあちゃん語録〃は大

変説得力がありました。たとえば現代作家による創作人形などの場合、あまりにも作者の情念の表現が強烈だと、芸術としてこれを鑑賞する以前に、どうしても見る側の心に一種の消化不良が生じます。おばあちゃんの言葉から、なるほど、あれは「持ち主の生気を吸い取りすぎた、修練の足りない人形」であったのかと、私自身とても素直に納得が行ったのでした。)

また、昔結婚問題で、おばあちゃんとの間にちょっとした軋轢《あつれき》があったようこの父は、生家から冠《かんむり》の無い男雛《おびな》を持ち出したのでしたが、ほぼ十年ぶりに、その冠を届けにようこの家にやってきたおばあちゃんの呟《つぶや》く言葉、

「人間って長く生きてると、ああいう冠みたいなものを置き違えてそのままにしてたりすることもたくさんあるけど……。そう、あの背守《せもり》も、元に戻してやらなきゃ」

これなどは、人の世の秩序への暗喩《あんゆ》とも、またおばあちゃん自身の人生観とも聞こえます。(冠が戻るやいなや、それまでどこか不統一な雰囲気だったようこの家の雛壇は、「あな、めでたや」と歓喜の声に満ちて、みごと空気を一新したのでした。)

そして、

「歴史って、裏にいろんな人の思いが地層のように積もって行くんだねえ」

これは主人公であるようこ自身の感慨です。おばあちゃんとりかさん、二人のすぐれた指南役の言動を幼い心に受けとめながら、ようこも、少しずつ成長してゆくのでした。

◇

実は私がこの作品を知ったのは数年前、前記学会の機関誌『人形玩具研究』の編集部から、新刊紹介を書くようにと手渡されたためでした。（お前は日本人形が専門の人間だから）――編集部の意図はそんなところにあったのでしょうが、児童文学に暗い私は戸惑《とまど》うばかり。作者が数々の文学賞に輝く人であることすら全く知りませんでした。従って当初は、ほとんど義務感でそれを読み始めたのでした。

ところがどうでしょう。読み進むうちに、この不思議な人形物語に私は完全に魅了されていました。いわんや、ここには実に多種多様の日本人形が登場するのです。いわく紙雛、享保雛、賀茂《かも》人形、芥子《けし》人形、三つ折れ人形、這子《ほうこ》等々。その名称だけを見ても、作者の人形への関心度と知識とがおよそ推測出来ます。また「青い目の人形」に関する事実も、実に正確に過不足無く語られていました。

こうして一気《いっき》呵成《かせい》に読み終えた後味の、なんと爽《さわ》やかだったことでしょう。とかく人形を主題に据えた文学にありがちな奇怪さやおどろおどろしさは、ここには露ほども無く、ページを閉じて心に残ったのは、おいしい薄荷《はっか》のお菓子を食べたあとのような、みちたりた清涼感でした。それはまた物語の結末、柿若葉《かきわかば》をわたるはつ夏の風の中でりかさんが呟くひとこと、「いい風」そのものだったといえましょう。

◇

ものいわぬ人形の存在が人を幸せにし、人はまた、その優しさで人形をほほえませる。この『りかさん』の物語は、そうした人と人形との目にみえぬ相関関係を、静かに解き明かしているかのようです。さらに、この世には人形を媒《なかだち》にした多くの出逢《であ》い、めぐり逢いがあり、その中でいつしか、人と人の絆《きずな》も確かに結ばれて行くのです。

(再び余談ながら——私自身は人形史研究という客観的な立場から、人形に対して常にある距離を置いて接するよう心がけていますが、実のところその私でさえ、時として、人形が呼んでいる、あるいは人形に呼ばれている、とでもいうような運命の出逢いに驚くことがあります。これぞ人形の不思議でありましょうか。)

このことは結局、人形というものが、他の美術品とはどこかで一線を画し、いわば人の日々の営みの中から誕生した存在であること、換言すれば「あたたかな体温を持つ文化のかたち」だからではないのでしょうか。

人形――無言の微笑の裡《うち》にかれらの語る豊かな言葉。それらに心静かに耳を傾けつつ、このすぐれた人形物語を楽しんで頂きたいと願うものです。

◇

『ミケルの庭』は『りかさん』の作者が、今回の文庫収録にあたって新たに書き下ろした短編です。

『りかさん』の主人公であったようこ（この作品では蓉子《ようこ》）は、幼い頃にそのおばあちゃんから教わった染物の魅力がきっかけとなったのでしょう、成長した現在、亡《な》きおばあちゃんの家をアトリエに、草木染作家の道を歩み始めています。またここには蓉子ばかりではなく、テキスタイルの図案を学ぶ与希子《よきこ》、手機《てばた》に打ち込む紀久《きく》、日本に鍼《しん》灸《きゅう》の勉強に来ているアメリカ人のマーガレットの三人も下宿していて、共同生活をしながらそれぞれの仕事に励んでいました（むろんあの「りかさん」も一緒に――）。

『りかさん』の後日談のかたちで、このアトリエを舞台に繰り広げられた多くの出来事については、同じ作者による『からくりからくさ』（一九九九年、新潮社刊）が雄弁に物語っています。作者はここで、美しい唐草のように絡《から》み合う、多くの女性たちの歴史と人間模様とを、淡々と、しかし力のある筆致で、解きほぐし描き出していました。

『ミケルの庭』は、さらにその続編に位置するもので、マーガレットがかっての日本人の恋人との間に生み、短期留学のため三人に預けていった赤ん坊「ミケル」（女の子です）に関する物語です。

風邪《かぜ》が急速に悪化して、救急車で病院に運ばれた瀕死《ひんし》のミケル。そして俄《にわか》に厳しい状況下におかれた母親代理の若い女性三人。その描写の中には、おのおのの個性が実によく書き分けられています。予断を許さぬ幼児の病状をまのあたりにしながら、あくまで行動的な与希子。自責の念からただおろおろするばかりの紀久。そしてそんな紀久の背をやさしく撫《な》でる蓉子。（その手は「まるでその上から、何世代もの女たちの手がふわりと重なっているかのように」確かさに満ちて力強かった、と作者は記します。あの思慮深い「おばあちゃん」の生き方、また「りかさん」から教えられた他者への思いやりは、成長した蓉子の心の中に幾層にも積もり、息づいている——紀久をいたわる蓉子のてのひらのぬくもりには、『りかさん』からずっと一貫する、作者のメッセージが籠《こ》められているのではないでしょうか。）

辛《かろ》うじて命を取り留めたおさな児《ご》ミケル。ようやく回復期に向かった彼女が夢うつつの中に見たものは、細い蔓《つる》に覆《おお》われたわが家の庭と、その先に見えるもっともっと大きな庭——すなわち広い広い未知の世界でした。それこそがミケルの「庭」であり、またそれはやがて旅立つこの子の、大きな未来を暗示していることでしょう。作者が、さながら幼児の視点に立ち戻ったかのように、まだ一歳の幼児がおぼろげに体感する、自分を取り巻く「世界」の感触を描き出していることにも、大変感心しました。

（平成十五年五月、吉徳資料室長・人形史研究）

「りかさん」　平成十一年十二月偕成社刊
「ミケルの庭」　書き下ろし

梨木香歩著

裏　庭

児童文学ファンタジー大賞受賞

荒れはてた洋館の、秘密の裏庭で声を聞いた——教えよう、君に。そして少女の孤独な魂は、冒険へと旅立った。自分に出会うために。

梨木香歩著

西の魔女が死んだ

学校に足が向かなくなった少女が、大好きな祖母から受けた魔女の手ほどき。何事も自分で決めるのが、魔女修行の肝心かなめで……。

梨木香歩著

からくりからくさ

祖母が暮らした古い家。糸を染め、機を織る、静かで、けれどもたしかな実感に満ちた日々。生命を支える新しい絆を心に深く伝える物語。

おーなり由子著

天使のみつけかた

会いたい人に偶然会えた時。笑いが止まらない時。それは天使のしわざ。あなたのとなりの天使が見つかる本。絵は全て文庫描下ろし。

おーなり由子著

きれいな色とことば

心のボタンをすこしひらくだけで見えてくるもの——色とりどりのビーズのようなエッセイ集。文庫オリジナルカラーイラスト満載。

北村　薫著
おーなり由子絵

月の砂漠をさばさばと

9歳のさきちゃんと作家のお母さんのすごす、宝物のような日常の時々。やさしく美しい文章とイラストで贈る、12のいとしい物語。

銀色夏生著　ミタカくんと私

わが家に日常的にいついているミタカと私、ママと弟の平和な日々。起承転結は人にゆずろう……ナミコとミタカのつれづれ恋愛小説。

銀色夏生著　夕方らせん

困ったときは、遠くを見よう。近くばかりを見ていると、迷うことがあるから――静かにきらめく16のストーリー。初めての物語集。

銀色夏生著　ひょうたんから空
ミタカ シリーズ 2

家出中のパパが帰ってきた。そこでみんなでひょうたんを作った――『ミタカくんと私』に続く、ナミコとミタカのつれづれ日常小説。

湯本香樹実著　夏の庭
—The Friends—

死への興味から、生ける屍のような老人を「観察」し始めた少年たち。いつしか双方の間に、深く不思議な交流が生まれるのだが……。

湯本香樹実著　ポプラの秋

不気味な大家のおばあさんは、ある日私に奇妙な話を持ちかけた――。『夏の庭』で世界中の注目を浴びた著者が贈る文庫書下ろし。

川上弘美著
山口マオ絵　椰子・椰子

春夏秋冬、日記形式で綴られた、書き手の女性の摩訶不思議な日常を、山口マオの絵が彩る。ユーモラスで不気味な、ワンダーランド。

北村薫著
スキップ

目覚めた時、17歳の一ノ瀬真理子は、25年を飛んで、42歳の桜木真理子になっていた。人生の時間の謎に果敢に挑む、強く輝く心を描く。

北村薫著
ターン

29歳の版画家真希は、夏の日の交通事故の瞬間を境に、同じ日をたった一人で、延々繰り返す。ターン。ターン。私はずっとこのまま？

北村薫著
謎のギャラリー
—名作博本館—

小説を題材にした空想の美術館、〈謎のギャラリー〉へようこそ。当代随一の目利き北村薫選りすぐりの名品たち。最高の鑑賞の手引き。

北村薫編
謎のギャラリー
—謎の部屋—

ミステリアスな異世界へ誘う名品から、編者これぞという「本格推理物」まで、人生の〈謎〉を堪能しつくす名品19を収録。

北村薫編
謎のギャラリー
—こわい部屋—

我とも思えぬ声で叫びたくなる恐怖から、じんわりと胸底にこたえる恐怖まで、圧巻、文句なしに第一級の〈こわさ〉が結集した一冊。

北村薫編
謎のギャラリー
—愛の部屋—

思慕の切なさ、喪失の痛み、慈しみの心。時に全てを与え、時に全てを奪いさる〈愛〉の不思議。人生を彩る愛の形がきらめく一冊。

河合隼雄著

こころの処方箋

「耐える」だけが精神力ではない、「理解ある親」をもつ子はたまらない――など、疲弊した心に、真の勇気を起こし秘策を生みだす55章。

河合隼雄著

猫だましい

心の専門家カワイ先生は実は猫が大好き。古今東西の猫本の中から、オススメにゃんこを選んで、お話しいただきました。

河合隼雄著

とりかへばや、男と女

「男」の中の女性像。「女」に潜む男性原理。王朝文学『とりかへばや』を通して、男女の境界の危うさと心の謎を解きあかす。

河合隼雄
松岡和子著

快読シェイクスピア

臨床心理学第一人者と全作品新訳中の翻訳者が、がっちりスクラムを組むと、沙翁の秘密が次々と明るみに！　初心者もマニアも満足。

河合隼雄ほか著

こころの声を聴く
――河合隼雄対話集――

山田太一、安部公房、谷川俊太郎、白洲正子、沢村貞子、遠藤周作、多田富雄、富岡多恵子、村上春樹、毛利子来氏との著書をめぐる対話集。

河合隼雄
村上春樹著

村上春樹、河合隼雄に会いにいく

アメリカ体験や家族問題、オウム事件と阪神大震災の衝撃などを深く論じながら、ポジティブな新しい生き方を探る長編対談。

新潮文庫最新刊

村上春樹文
大橋歩画

村上ラヂオ

いつもオーバーの中に子犬を抱いているような、ほのぼのとした毎日をすごしたいあなたに贈る、ちょっと変わった50のエッセイ。

北村薫著

リセット

昭和二十年、神戸。ひかれあう16歳の真澄と修一は、再会翌日無情な運命に引き裂かれる。巡り合う二つの《時》。想いは時を超えるのか。

重松清著

ビタミンF

直木賞受賞

もう一度、がんばってみるか――。人生の〝中途半端〟な時期に差し掛かった人たちへ贈るエール。心に効くビタミンです。

川上弘美著

おめでとう

忘れないでいよう。今のことを。今までのことを。これからのことを――ぽっかり明るくしんしん切ない、よるべない十二の恋の物語。

梨木香歩著

りかさん

人と心を通わすことができるなんて、ただ者ではない。不思議なその人形に導かれた、私の「旅」が始まる――。「ミケルの庭」を併録。

おーなり由子著

しあわせな葉っぱ

かみさま、どうかどうか、ハッピーエンドにしてください――。他人には見えない葉っぱと暮らすひとりの女の子の切ない恋の物語。

りかさん

新潮文庫　な-37-4

平成十五年七月一日発行

著者　梨《なし》木《き》香《か》歩《ほ》

発行者　佐藤隆信

発行所　株式会社　新潮社

郵便番号　一六二―八七一一
東京都新宿区矢来町七一
電話　編集部(〇三)三二六六―五四四〇
　　　読者係(〇三)三二六六―五一一一

価格はカバーに表示してあります。

乱丁・落丁本は、ご面倒ですが小社読者係宛ご送付ください。送料小社負担にてお取替えいたします。

印刷・三晃印刷株式会社　製本・株式会社大進堂

ISBN4-10-125334-X C0193